ANTHOLOGIE FRANCO-INDOCHINOISE

Morceaux choisis des écrivains français, accompagnés de notes grammaticales et historiques.

II

ALBERT DE POUVOURVILLE.

PAUL BONNETAIN.

PAUL BOURDE.

A NOS LECTEURS

Nous n'avons rien de bien particulier à dire à nos lecteurs au début de ce second fascicule. Nous voulons seulement, en les remerciant de leur accueil, leur faire part d'un perfectionnement que nous désirons apporter à notre Anthologie.

Comme ils le savent, en matière de style et de composition, les exemples qu'on met sous les yeux frappent beaucoup plus que les préceptes. Il y a, croyons-nous, intérêt à relever avec soin les particularités de syntaxe qui abondent dans les morceaux choisis et à les justifier par des rapprochements avec la langue des classiques.

D'aucuns auraient peur que de pareilles notes, jointes aux notes historiques, ne fissent parfois oublier de lire le texte dans sa belle et vivante continuité. Que nos lecteurs se rassurent ! Notre recueil n'est ni un « aide-mémoire », ni un « cahier d'expressions ». Qui ne sait que le meilleur aide-mémoire est celui que chacun se fait à soi-même ? Faisons d'abord lire les meilleures pages indochinoises à nos élèves ; faisons, s'il est possible, qu'ils les comprennent et les goûtent une bonne fois. Ils sauront bien ensuite revenir d'eux-mêmes à l'excellent et à l'exquis, sans qu'il soit besoin de le leur servir à part, au risque d'altérer ainsi la fraîcheur de leurs impressions, et d'ôter aux œuvres des écrivains indochinois quelque chose de leur fleur, sinon de leur éclat.

La Fête des Enfants en 1853.

Au ciel, à peine assombri par la nuit, il n'y avait [1] pas un nuage : aux rayons de la lune superbe, alors en son plein, une lumière blanche s'épandait sur la grande plaine rase, éclatante encore sous l'impalpable gaze de l'atmosphère. Tout le jour, une chaleur étouffante avait régné : et le sol, crevassé et brûlé sans merci, respirait d'une température plus clémente, et envoyait au ciel, qu'elles opalisaient, des colonnes ténues de vapeurs. Sous le tiède souffle tranquille des nuits parfumées, les riz verts inclinaient la tête le long de l'immense étendue, et les bambous effilés agitaient leurs panaches de feuilles pointues où se jouait la lumière. De gros banians, des caoutchouquiers à l'épais feuillage découpaient une ombre profonde sur les verdures pâles : un village accroupissait au loin ses toits de latanier, et de là sortait un sentier qui ondulait à travers les rizières. Vers l'Est, une large pagode faisait une tache noire sur l'horizon et trouait le ciel du bec recourbé de ses toits chimériques. Pas un bruit humain ne sortait de la nature quiète : au son des cerfs-volants naïfs qui susurrent au-dessus des portes fermées, les veilleurs de nuit s'étaient endormis, laissant tom-

---

(1) On verra, par ce texte et par les suivants, que l'imparfait est employé pour noter et décrire les circonstances, la situation, le milieu où une action s'est produite.

1° Pour rapporter les dires, les idées d'un personnage qu'on fait parler au passé, l'imparfait, dit M. F. Brunot, entre également en jeu. Ex. : Etonné, il courut chez son protecteur ; mais celui-ci, loin de prendre part à son échec, s'en réjouit tout haut : *Francis n'était point fait* pour dépenser sa verve dans ces vulgaires restaurants de l'esprit appelés journaux, *il se devait* tout entier au grand culte de l'art. Dieu l'avait marqué du sceau de la poésie, sa muse ne *pouvait* sans crime descendre au rôle de femme de ménage (E. Souvestre, *Clairières*, p. 57) ; — Le magistrat l'interrompit brusquement : Comment ! *il avait* des fonds compromis dans la déconfiture et *il n'agissait* pas ! Rien *n'était* plus simple, il *n'avait* qu'à déposer une plainte en escroquerie (E. Zola, *Argent*, p. 378).

2° L'imparfait développe les idées contenues dans un verbe de signification générale. Ex : Toute la salle *fut émue :* les tribunes *pleuraient* (Michelet, *Histoire de la Révolution française*, I, p. 196). On pourrait dire *pleurèrent*. Ce serait un second fait qu'on rapporterait, non le développement explicatif du premier.

3° De même, pour commenter, expliquer un fait quelconque, énoncé dans un nom, un adjectif, un verbe. Ex. : Elle entendit *du bruit* au-dessus de sa tête : *c'était* Félicité qui tambourinait contre les carreaux (Flaubert, *Mme Bovary*, p. 174).

4° Enfin, on se sert de l'imparfait pour introduire une réflexion, une observation de l'auteur sur un fait passé. Ex. : *Il se jeta* sur le bras qui tenait le coutelas en criant : « Quasimodo ! » *Il oubliait*, en ce moment de détresse, que Quasimodo était sourd. (V. Hugo, *Notre-Dame de Paris*, II, p. 173).

ber, muet, le *mõ* (1) de bois des appels nocturnes. Les cigales jaunes et vertes, seules, modulaient leur cri monotone, si uniforme, si continu, qu'il ne troublait plus le silence absolu des rizières, endormies dans la lumière bleue.

Parmi le recueillement universel, une grêle sonnerie tinta, à laquelle répondit un seul coup frappé dans la pagode, sur le gong d'appel suspendu à ses bras de laque. Et les ondes sonores, courant sans écho à la surface de l'immense plaine, s'écartèrent, s'enfuirent et se fondirent dans la lueur exhalée du ciel et la chaleur exhalée du sol. C'était le *trung-thu* (2), la fête des enfants, le quinzième jour du huitième mois, où les nouveau-nés sont consacrés à l'esprit mystérieux qui créa la forme des mondes, les anima, et les parcourt aujourd'hui sans cesse.

______

(1) *Mõ*, crécelle. Le *mõ* des villages est beaucoup plus allongé que celui des pagodes; il a quelquefois la forme d'un poisson et reste suspendu à une poutre. On le frappe d'une certaine façon pour marquer les heures de nuit, et aussi de temps en temps pour avertir que l'on veille. « Le son du *mõ*, pendant la nuit et surtout la batterie à mouvement graduellement précipité et décroissant d'intensité, paraît étrange à l'Européen, et remplit l'âme d'une vague inquiétude; il fait partie de la série des bruits vraiment tonkinois; jamais les Annamites ne l'oublient dans leurs poésies quand ils ont à chanter les charmes d'un paysage.

> Il est nuit, nuit profonde,
> L'étoile du Nord brille au ciel,
> La brume couvre le fond des rizières;
> Les bosquets de bambous s'agitent,
> Ils sont remplis du cri des cigales;
> Les veilleurs de nuit frappent sur le *mõ*,
> Les bonzes font résonner les cloches des pagodes,
> On entend les paysans se réjouir,
> On chante dans toutes les chaumières:
> C'est la paix. »

(G. Dumoutier, *Les chants et les traditions populaires des Annamites.*)

(2) *Trung-thu* ou fête de la mi-automne. On fait remonter l'origine de cette fête à l'empereur chinois Jouei-tsong (Duê-tôn) de la dynastie des T'ang (Dường), qui régna sous le titre de Wen-ming (Văn-minh). Voici la légende qu'a rapportée G. Dumoutier au sujet de l'origine du *trung-thu*: « L'empereur Jouei-tsong se promenait hors du palais, pendant la nuit du 15e jour du 8e mois, par un magnifique clair de lune, lorsqu'il fut abordé par un magicien qui, s'appuyant sur un bâton, proposa au monarque une promenade dans la lune. Jouei-tsong sourit et accepta. Le magicien, alors, prononçant sa formule, leva en l'air son bâton qui se transforma en un gigantesque arc-en-ciel, dont une extrémité reposait sur la terre, tandis que l'autre se perdait dans la lune. L'empereur et le magicien, se servant de cet arc-en-ciel comme d'un pont, atteignirent rapidement la planète et se trouvèrent au milieu d'un monde tout à fait différent de celui de la terre. L'air avait une transparence et une douceur merveilleuses; de gracieuses apparitions féminines glissaient sur des pelouses fleuries et disparaissaient sous les feuillages d'arbres incomparables. « Où suis-je donc? dit l'empereur. — Dans le palais de Quảng-hàn, répondit le magicien, parmi les fées et les esprits de l'air. » Ils revinrent sur la terre par la même voie, et l'empereur demeura si frappé de ce qui lui était arrivé qu'il en consacra le souvenir par l'institution de la fête annuelle du 15e jour du 8e mois. » (G. Dumoutier, *Les cultes annamites*, p. 19.)

Du village, quelques rumeurs s'entendirent : nattes froissées, herbes foulées, portes levées sur leurs rustiques charnières de bambou ; puis, à travers les sentiers, s'avancèrent sans bruit des femmes vêtues de couleurs claires, sandalées et coiffées comme les jeunes mères de la Chine méridionale, et tenant de petits enfants en leurs bras. Toutes se dirigeaient vers la pagode, suivies d'un petit domestique, portant sur sa tête le plateau de laque brune couvert des offrandes accoutumées : riz blanc épais, prières écrites sur fin papier, *phâo* rouges, baguettes noires trempées dans les parfums rituels. Et quand elles furent entrées sous le péristyle bizarrement découpé de la pagode, des lumières tremblotantes y coururent soudain, dessinant des ombres fantomatiques et rapides; et une mélopée, grave et demi-enfantine, s'éleva droit au ciel, du pied des tablettes confucéennes.

A. de POUVOURVILLE (1), *L'Annam sanglant*, p. 11-14.

(*Paris, Michaud, édition définitive, 1912*).

(1) Albert de Pouvourville (Mât Giới) est né à Nancy le 7 Août 1861. Ses principales œuvres sont : *Notes sur la marche*. Paris, Baudoin, 1887. — *De l'autre côté du mur*. Haiphong, 1890. — *Le Tonkin actuel, 1887-1899*. Paris, Savine, 1891. — *Deux années de lutte, 1890-1891*. Savine, 1891. — *Un point d'histoire coloniale*. Savine, 1893. — *L'action des Mandarins*. Édition de la Revue française, 1893. — *La Politique indo-chinoise, 1892-1893*. Savine, 1894. — *Le Tao et le Té de Lao-Tseu*. Bailly, 1894. — *Les Sept Éléments de l'homme et la pathogénie chinoise*. Chacornac. — *Les Sociétés secrètes chinoises*. Chacornac. — *L'Art indo-chinois*. Quantin, 1894. — *Dans les seize châu, 1888-1889*. Chamuel, 1895. — *Traité des influences errentes de Quang-Dzu*, traduit du chinois. Bailly, 1896. — *La Chine des Mandarins*. Schneider, 1898. — *L'Affaire de Siam, 1887-1896*. Chamuel, 1897. — *Dans les Gardes indigènes*. Hanoi, Schneider. — *Chez les pirates*. Hanoi, Schneider. — *L'Annam sanglant*, 3e éd. Chamuel, 1898. Édition définitive. Michaud, 1912. — *Le Maître des sentences*. Ollendorff, 1899. — *L'empire du Milieu*. Schleicher, 1900. — *La Question d'Extrême-Orient*. Pedone, 1900. — *Les Défenses de l'Indo-Chine et la Politique d'association*. Pedone, 1905. — *L'Opium*. Édition de l'Initiation, 1905. — *La Voie métaphysique*. Chamuel, 1907. — *Rimes chinoises*. A Lemerre, 1904. — *La Voie rationnelle*. Chamuel, 1908. — *Stanislas de Guerita*. Librairie hermétique, 1909. — *La Chine des lettrés*. Librairie hermétique, 1910. — *L'opium et l'alcool*. Édition de l'Institut colonial international, 1910. — *L'Asie française*. Flammarion, 1911. — *Le cinquième Bonheur*. Michaud, (1911). — *Rimes d'Asie*. 2e édition. Figuière, 1912. — *Ce qui meurt et ce qui demeure*. Figuière, 1913. — *La physique et la Psychique de l'opium*. Figuière, 1914. — *Le Déraciné*, pièce indochinoise en 1 acte. — *L'homme qui a mis les Boches dedans*. — *Les Terres meurtries. Jusqu'au Rhin*. Berger-Levrault, 1915. — *La Greffe*. Figuière, 1922. — *L'Heure silencieuse*. Figuière, 1923.

« Je ne connais encore, écrit Victor Le Lan dans son *Essai sur la Littérature indo-chinoise*, je ne connais encore que deux maîtres de la littérature tonkinoise ou plutôt indo-chinoise ; ce sont, dans l'ordre d'ancienneté et peut-être de mérite, Mât-Gioi (alias M. Albert de Pouvourville) et Boissière. Le premier nous a donné cet admirable roman qu'est son épopée, aujourd'hui baptisée *L'Annam sanglant*, mais qui s'appela jadis *De l'autre côté du mur*. . . Ce que je sais et ce qu'il me plaît de dire,

Un yamen [1].

« ..... Un silence profond régnait dans le *đinh*, demeure
immense du *tổng-đốc*. Dès la porte gardée par un *linh-cơ*,
armé du sabre de parade (*thanh-gươm*), l'apaisement voulu
autour des autorités se faisait par une brusque transition
avec les bruits du dehors : les *linh-cơ* de garde dormaient
dans les grands hangars formant quadrilatère dans la grande
cour, où, sous un banian, fumant sa pipe à eau, était assis
sur une natte le *đội* de garde, armé de son *roi* pointu à tête
argentée.

Sous la première demeure, dont un des pans à jour
s'ouvrait sur la cour silencieuse, les *ki-lục* (lettrés) écri-
vaient, sur de longues feuilles de papier soyeux et trans-
parent, les derniers édits du *tổng-đốc* ; les *thông-ngôn* nasil-
laient les derniers arrêts de la séance de justice et cher-
chaient, dans les livres des Lois et des Rites, le *Luật* [2] et le
Gia-lễ [3], au large étalés sur les nattes, la tradition qui avait
dicté les décisions de l'*án-sát*.

Au fond, sous l'ombre que projetait le toit pointu violem-
ment surbaissé, veillaient, serrés à la ceinture dans leurs
larges simarres de flanelle rouge, historiées aux épaules,
les gardes particuliers du *tổng-đốc*, au pied des grandes
gaines et des suspensifs collés au mur, qui maintenaient
les drapeaux et les parasols de parade, les sabres d'honneur, les verges des supplices et des interrogatoires, tout
l'attirail officiel du maître du logis.

---

c'est que *L'Annam sanglant*, *Le Maître des sentences* m'ont procuré des
jouissances de lettré et que, Tonkinois tonkinisant, je n'y ai point relevé un détail inexact.
Les tableaux présentés sont vrais et vivants. L'œuvre est consciencieuse. Que n'en peut-on
dire autant de tous ceux qui ont voulu dépeindre notre pays ? Pour moi, cette sincérité et
cette exactitude sont la principale qualité que l'on doive exiger des écrivains exotiques.
Il faut que leurs livres lus par un indigène qui possède notre langue lui plaise autant
qu'aux Français depuis longtemps fixés dans le pays, autant qu'à ceux qui ne quittèrent
jamais l'Europe : sans cela, le métier — car ce ne serait plus de l'art — deviendrait
trop facile. »

(1) Prononciation mandarine (*quan-hoại*) de *nha-môn* « tribunal, prétoire ».

(2) Abréviation du *Hoàng Việt luật lệ* ou *Code annamite*, dit « Code de
Gia-long ». On a dit que ce code n'est qu'un « tarif de coups de bâton ». Cette apprécia-
tion n'est qu'une boutade « et non point, dit J. Silvestre, une opinion raisonnée, basée
sur une connaissance même superficielle. Ce code affecte, il est vrai, dans toutes ses
parties la forme pénale, et il est bien difficile à quiconque n'en a pas fait une étude
complète, corroborée à l'école de la pratique indigène, de distinguer clairement, sous
les formules répressives qui sont la conclusion de chaque article, les préceptes sociaux,
qu'on voit mieux dans les lois françaises. »

(3) Le *Gia-lễ* (prononciation chinoise : *Kia-li*) est de Tchou Hi. Il a été traduit
en français par C. de Harlez sous le titre de : *Livre des rites domestiques chinois*.
(Paris, Leroux, 1889, Bibliothèque Orientale elzévirienne, t. LX.)

Dans le deuxième bâtiment, qui était joint au premier par une allée couverte, au milieu d'une cour plantée de flamboyants, les serviteurs particuliers, les favoris du *tồng-đốc* et les *thơ-lại* tenaient leurs assises. Étaient là aussi les petits fonctionnaires et les *lí-trưởng* qui désiraient parler au maître, et qui payaient l'honneur de le voir par des courbettes et de menus cadeaux aux familiers. Indifférents des événements du dehors, insoucieux de l'heure qui passe, ceux-ci jouaient au *bàn-cờ*, ces échecs chinois, coupant les parties par des mastications de bétel ou par de longues aspirations de pipe à eau, riant et causant à mi-voix, pendant que le groupe des solliciteurs était accroupi, avec des mines quémandeuses, le long des murs tendus de nattes et vides de tout autre ornement que des armes inutilisées des serviteurs. '

Une porte, ménagée dans le fond et voilée d'une étamine rouge, menait à l'intérieur de la troisième demeure, qui était nattée jusqu'à hauteur d'homme et laquée de laque brune jusqu'aux poutres, aux fermes et aux charpentes faites d'un seul tronc de *gỗ sao* (1), sculptées à même par de patients artistes. Un petit *cửu-long* (2), gloire d'or, était dressé dans le fond contre le mur nord ; devant lui étaient quelques offrandes et quelques bois parfumés. Aux coins de la salle, et contre les colonnes de soutènement, des panneaux de bois laqué rouge disaient, en grands caractères dorés, les préceptes journaliers des grands conducteurs d'hommes et quelques maximes philosophiques. Une fumerie d'opium était dans un coin, obscurée par quelques draperies tendues. Un grand gong de bronze pendait au dehors.

Sur le devant de la salle, deux bancs de bois de *lim* (3), admirablement sculptés et ouvragés, enserraient une table en bois de *trắc* (4), marquetée de *vang hương* (5), cet ébène de l'Extrême-Orient : dessus, couraient des théières à col droit et des tasses minuscules.

A. de POUVOURVILLE, L'Annam sanglant, p. 34-37.

---

(1) *Gỗ sao*, hopea des diptérocarpées. C'est un beau bois de menuiserie souvent employé aux mêmes usages que le *lim* et le teck. (H. Lecomte, *Les bois de l'Indochine*, p 111.)

(2) Sculpture bouddhique représentant le Bouddha Çâkyamouni dans le jardin Lumbini.

(3) *Lim*, erythrophlœum fordii, bois de grande résistance, qui passe pour être inattaquable par les termites.

(4) *Trắc*, dalbergia des papilionacées, bois couleur de palissandre rouge sombre, se fonçant avec l'âge, dense, dur, se travaillant bien.

(5) *Vang hương*, sapan, cœsalpina sappan des cœsalpinées.

Intérieur d'une pagode.

... L'immense autel de la pagode royale disparaissait sous la fumée des parfums. Le velum relevé laissait pénétrer à flots la lumière, et, à travers les volutes odorantes, apparaissaient soudain, tantôt la tête dorée, tantôt le bras levé du *phật*.

A droite et à gauche, les gigantesques *hạc* (1), oiseaux symboliques, hauts sur pattes, ailes lisses et becs dressés, chatoyaient de laques rouges et noires; sur la grande table de consécration, de trois mètres de haut, en bois de fer sculpté, avec des soubassements énormes plaqués de feuilles d'or et représentant le Dragon, les grands vases de propitiation étaient étalés, et resplendissant, sous leur armure de dessins bleus, de l'éclat de la porcelaine épaisse et blanche, sept fois recuite, qu'avaient fait exécuter les fantaisies des prédécesseurs de Gia-Long.

Des tables dorées jusqu'aux colonnes de *gỗ sao*, s'étageaient les huit armes sacrées(2), les *đồ lỗ bộ*(3) aux proportions gigantesques, les dragons au souffle symbolique, les lanternes enfermant la lumière intellectuelle suivant le rite

---

(1) *Hạc* : grue. C'est un emblème de longévité que l'on voit dans les pagodes dédiées à Confucius, aux rois et aux génies; il n'y en a pas dans les pagodes bouddhiques. La grue passe pour vivre mille ans et la tortue dix mille ans; la présence de ce symbole signifie : Que votre mémoire, votre culte soit impérissable, se perpétue pendant mille et dix mille ans ! « Dans certaines pagodes somptueuses, — dit G. Dumoutier, — dédiées aux rois, comme à Hoa-lư, l'antique capitale de Đinh Tiên-hoàng (968-979), le long cou de la grue sort de la charpente sculptée et laquée du temple, et l'animal symbolique semble soutenir la partie antérieure du toit avec sa tête. »

(2) Les huit armes sacrées, qui sont des réminiscences de l'ancien armement annamite, se composent de deux *long dao*, lances à longue lame coupant d'un côté seulement et dont la pointe est recourbée en dehors et arrondie ; de deux autres lances semblables aux précédentes, mais dont le manche est pourvu d'une douille en forme de fleur à quatre pétales, d'où leur nom de *lư nhĩ dao* ; de deux tridents, *đinh ba*, dont l'un a la pointe centrale ondulée ; d'une hallebarde dite *bán nguyệt* ou demi-lune ; et d'une autre hallebarde à lame flamboyante, dite *xa mau*.

(3) *Đồ lỗ bộ* « objets pour les processions ». La série des accessoires emblématiques désignés sous ce nom, se compose principalement : 1° de deux longs sabres (*gươm trường*) ; 2° de deux haches de bataille ou de licteur (*phủ việt*) ; 3° d'une main tenant un pinceau représentant le pouvoir civil (*văn thủ*) ; 4° d'un poing fermé représentant le pouvoir militaire (*vũ thủ*) ; 5° de deux tablettes portant les caractères *tinh túc* « faites place » et *hồi lị* « prenez une attitude respectueuse ». (Cf. G. Dumoutier, *Les symboles, les emblèmes et les accessoires du culte chez les Annamites*, p. 115.)

du *Tao* (1), les grands *làn* et les *quạt và* (2), parasols à broderies rouges représentant les quatre animaux hiératiques parmi des pendeloques multicolores; de longues stèles s'élevaient, en laque burgautée, qui nombraient les attributs de la divinité.

Et tandis que, rangées en un ordre éternel, et silencieuses le long des murailles blanches, les statues dorées et brunies portaient, dans un geste uniforme, leur second doigt plié à leurs lèvres, en avant, de chaque côté d'*ông phống*, le dieu qui repose sous une gloire de nuages d'où sortent des ailes dorées, se tenaient les dieux gardiens du seuil. Đức Phật Bà (3), la déesse aux douze bras ouverts, et Tiêu-Giên (4), le génie aux moustaches hérissées, la face bleue, corné d'or, assis sur un lion de pierre fantastique et furieux.

Trois bonzes, en longues simarres de soie bleu clair, les mains croisées aux genoux, attendaient au pied de l'autel, brûlant de tous les parfums....

A. de POUVOURVILLE, *L'Annam sanglant*, p. 76-78.

---

(1) Sino-annamite : *đạo giáo* (taoïsme). A en croire les observateurs européens, le clergé taoïste ne serait qu'un ramassis de charlatans spéculant sur la crédulité publique. « Peut-être, dit M. A. Réville (*La religion chinoise*, p. 463), ces appréciations ont-elles été un peu trop déterminées par les impressions qu'ils retiraient de leurs entretiens avec des Chinois appartenant aux rangs supérieurs, généralement confucéens, et, de tendance, très opposés au taoïsme. » Le fait est que le clergé taoïste ne s'est pas occupé uniquement de fournir au peuple des charmes, des talismans et des conjurations : Il a travaillé aussi, à sa manière, il est vrai, mais non sans obtenir quelques bons fruits de ses efforts, à l'instruction morale des basses classes bien négligées par l'aristocratie confucéenne. C'est à lui que l'on doit la composition et la propagation très active des traités populaires (tels que le *Câm ứng thiên*), qui ont fait descendre dans les rangs épais de la plèbe quelques rayons de bonne morale pratique.

(2) Les *làn* et les *quạt* ne se ferment pas : ce sont des dais circulaires, dont la draperie est jaune ou rouge et brodée d'ornements et d'emblèmes; ces broderies représentent le plus souvent les quatre animaux symboliques : *long, li, qui, phượng*. Ils sont de plus, ornés de pendentifs brodés d'une tête de dragon ou d'un autre motif sacré. Les *làn* sont exclusivement réservés au roi et au culte; dans les processions, on abrite l'idole ou sa tablette sous le *làn*; quelquefois la tige n'est pas au centre, mais fixée à la circonférence, on les appelle alors *quạt và*.

(3) Đức Phật Bà Quan-âm, Lucine sino-annamite, est une des figures les plus populaires du bouddhisme, qui la désigne sous les noms sanscrits de : Avalokiteçvara « le Seigneur qui regarde », Lokeçvara « le Seigneur du monde », etc. (Cf. L. Finot, *Lokeçvara en Indochine*).

(4) Padmasambhava.

Une représentation théâtrale.

.... Une lumière éclatante sortait des torches épaisses, dans les coins, et des lampadaires de cuivre, remplis d'huile parfumée à l'essence de sandal.

Les musiciens, la troupe des acteurs, les mimes, les danseurs et les familiers étaient groupés dans un coin, les uns couverts de soies éclatantes, les autres étalant, dans leur nudité dorée, la splendeur de leurs formes impeccables, Et les instruments d'orchestre leur étaient distribués......

Tandis que des parfums violents de carambolier, de musc, de verveine, de benjoin et de sandal, remplissaient l'air, alourdi de la fumée des baguettes et des brûle-parfums, une mélopée sonore et lente commença, d'abord sur les flûtes à cinq trous, sur les *tam* (1) à trois cordes, mandores à long manche qui résonnent sur la peau étoilée des serpents de rivière ; puis le *nhị* égrena ses notes aiguës et persistantes : et, au son du *dàn nguyệt* (2), guitare discoïde en forme de lune, et du *dàn thập lục* sonore, psaltérion aux treize cordes de cuivre, les théories des mimes et des danseurs s'avancèrent, silencieux, gestant, dans leurs mouvements étranges, les rythmes musicaux des notations d'Asie...

L'inquiète harmonie soutenait leurs cadences lentes, et la savante progression de leur plasticité. Et, balancées aux rythmes des bois, des cuivres, des cordes et des bronzes, les étoffes éclatantes, soulevées et rabaissées tour à tour, tantôt accrochaient à leurs brochages des rayons de la lumière des lampadaires, tantôt découvraient des membres graciles d'une triomphante perfection.

Et peu à peu, les théories charmeresses, en un unisson solennel, tendaient et retiraient leurs bras chargés de bracelets d'or, inclinant et relevant leurs têtes souriantes, emportant, comme en un vol, les soieries miroitantes ; et les gongs de cuivre et les tambours de peau de buffle entamaient, dans un bruissement harmonique ininterrompu, le célèbre chant des fêtes de l'Annam...

------

(1) *Cái tam*, guitare à 3 cordes, peu tendues; courant sur un manche long d'environ 0m80 et passant sur une peau de serpent qui recouvre le corps massif de bois dur, à l'extrémité duquel elles sont retenues par un cordier en os. (Cf. G. Knosp, *La Musique indo-chinoise* dans *Mercure Musical*, 1907, p. 937.)

(2) Cf. *La musique à Huế : dòn-nguyệt et dòn-tranh*, par Hoàng-Yên (*Bulletin des Amis du Vieux Huế*, 1919, p. 233-387.)

Les musiciens, groupés dans le fond de la salle, se réunirent aux chanteurs ; et, derrière la muette interprétation des cérémonies antiques, oubliées depuis tant d'années, des chœurs invisibles, sur des musiques différentes et toutes harmonieuses, déroulèrent les hymnes sacrés et les rythmes ancestraux, de cette voix juvénile qui surprend l'oreille et fait hésiter l'auditeur.

Et les parfums redoublaient d'intensité : l'air s'opalisait, s'échauffait, s'alourdissait.... Les uns chantaient les douces nuits d'Extrême-Orient ; les autres, la gloire des ancêtres ; et les couplets poétiques, et les centons philosophiques se croisaient sans s'étonner.

A. de POUVOURVILLE, *L'Annam sanglant*, p. 136-140.

La pagode de Phú-nhi (Sơn-tây).

Elle comprenait un vaste péristyle, d'où partaient, à droite et à gauche, deux galeries péripatétiques séparées de l'extérieur par un mur plein, où n'étaient creusées que d'étroites meurtrières ; à l'intérieur, les galeries étaient ouvertes sur une vaste cour plane où poussaient, blancs et verts, les nénufars sacrés, les *hồ* aux fruits rouges et les aréquiers centenaires. A leurs extrémités, elles étaient réunies par un bâtiment couvert, fermé de toutes parts, et semblable en tout au péristyle ; le milieu de la cour était occupé par les grands autels centraux, sur un terrain battu et surélevé, recouverts de toits quadrangulaires et pointus, à pentes exagérées. On ne pénétrait à ces autels que par deux couloirs longitudinaux semés de degrés successifs, qui partaient du milieu du péristyle, derrière le premier autel, et ne donnaient passage qu'à un homme à la fois.

Cinquante-quatre colonnes, faites d'un seul jet de bois de *trác*, noircies par les années, soulevaient ces toits immenses, se perdaient dans l'enchevêtrement des charpentes où n'entraient ni un clou, ni un morceau de fer, et dont les coïncements savants étaient cachés sous les sculptures en plein, sous les déroulements des chimères bondissantes et sous l'accroupissement des tortues porteuses du livre (1).

---

(1) La tortue est souvent représentée portant sur son dos le livre qui symbolise le *Lạc-thư*, un des tableaux magiques du *Dịch-kinh* ou « Livre des transformations ».

Une seule porte basse donnait, du fond de la pagode, accès dans l'enclos réservé situé en arrière, défendu de l'extérieur par un mur et des pièges de toutes sortes, et où poussaient, enchevêtrés, les banians, les flamboyants, les caoutchouquiers, les *vai* (1), tous les arbres à feuillage gras et lisse, dont les bonzes entourent volontiers leurs demeures.

Et par-dessus l'édifice bizarre et contourné, les toits quadrangulaires s'étageaient, se coupant, s'abaissant, grimpant les uns sur les autres; leurs arêtes s'aiguisaient, leurs angles se courbaient, et tout un peuple fantastiquement sculpté y dormait : les dragons au dos hérissé de pointes, développant leurs anneaux; les lions de pierre, ouvrant aux extrémités leur gueule pavée de quatre-vingts dents, et les phénix protecteurs, déployant tutélairement leurs ailes de mosaïque peinte, au-dessus des baies carrées ouvertes dans les ténèbres intérieures.

. . . Une faible lumière emplit l'édifice, arrêtée brusquement aux angles des murs, ou se perdant vaguement dans la hauteur des charpentes : et de fugitives lueurs s'accrochaient aux sculptures laquées et aux ors épais, qui habillaient les statues multiformes. Dans la pénombre lugubre, tout le peuple des dieux d'Annam semblait veiller et vivre.

Sur l'autel de tête qui, au milieu de l'immense péristyle, cachait les degrés qui menaient aux autres autels, était le grand *cửu-long thập-kiếp*, jeune dieu d'or massif, où gît le secret des sages, dernière manifestation de l'absolu, issant de la fleur génératrice entr'ouverte et

---

Le *Lễ-ký* s'exprime ainsi sur le *Lạc-thư* : « Sous la dynastie des *Hạ*, les eaux s'élevèrent à une grande hauteur; le roi *Vũ* allant voir les progrès de l'inondation aperçut tout à coup une tortue flottant à la surface des eaux. Sa carapace et ses membres étaient couverts de points rangés en ligne de 1 à 9; elle portait 9 points sur la tête, 1 point sur la queue, 3 points sur le côté gauche, 7 points sur le côté droit, sur la patte de gauche 4 points, 2 points sur la patte de droite, 8 points sur la patte gauche de derrière, 6 points sur la patte droite. Rentré chez lui, le roi *Vũ* composa un tableau représentant exactement les signes qu'il avait observés sur la tortue, et il s'en inspira pour établir les neuf divisions ou têtes de chapitre du *Thư-kinh* : la première division s'appela *ngũ sự*, les cinq choses; la seconde, *ngũ hành*, les cinq éléments; la troisième, *tam đức*, les trois vertus; la quatrième, *lục cực*, les six extrêmes; la cinquième, *tứ trưng*, les quatre témoignages; la sixième, *cảnh hồ*, la dissipation des doutes; la septième, *bát chính*, les huit devoirs; la huitième, *ngũ phúc*, les cinq bonheurs; la neuvième, *ngũ ký*, les cinq inscriptions. »

(1) *Nephelium litchi* des sapindacées.

portée par quatre *thiên-tiên* (1) en prières, dieux accompagnateurs, également recouverts de plaques d'or et symbolisant l'hommage des quatre mondes : sensible, sentimental, intellectuel et mystique. Autour de lui, le nimbait une gloire d'or aux nuages amoncelés, d'où sortaient les têtes des dix génies serviteurs ; et, du nuage supérieur, les ailes déployées, les cornes droites, s'envolait en triomphe le dragon sur qui chevauche, à travers le temps et l'immensité, l'idée de l'Incommunicable Eternel.

Cette masse d'or, œuvre géniale de quelque Saint aux doigts d'artiste et au front de penseur, ouvrait magnifiquement, pour la foule, le sanctuaire des merveilles, et pour les sages, le temple du mystère.

Autour de lui, des *bŏ-tát* (2) immortalisés en la posture de dieux bienveillants, amis de l'homme et veilleurs de sa destinée, symbolisaient, par leur face et leurs mains dorées, l'illumination intérieure que leur avait donnée la connaissance universelle, au-dessus des textes et en dehors des gnoses...

A droite et à gauche de ce premier autel, légèrement en contre-bas, dix statues de guerriers sanctifiés, en robe jaune, figurent les *thâp-điện* (3), esprits des rois morts, monuments funéraires dédiés au *thân*, élément psychique des souverains disparus, lequel plane toujours au-dessus des pays qu'ils ont commandés, tutélaires des bons serviteurs, mais changeant, et inquiet du bien qu'il aurait pu faire et qu'il a négligé d'accomplir : et c'est ainsi que les *thâp-điện* demeurent à l'entrée de l'infini, jusqu'à ce que l'esprit de leurs successeurs ou l'accumulation mathématique de leurs mérites supplée, grâce au temps, à l'insuffisance de leurs œuvres terrestres.

Devant leur double théorie, Ma-Diên et Nghêu-Đàu — que l'opinion populaire appelle des esprits malfaisants — gardent

---

(1) Ou *tử thiên-vương*.

(2) *Bŏ tát* : bodhisattva. « Les bouddhas, lit-on dans le *Guide au Musée de l'Ecole Française d'Extrême-Orient*, sont des hommes qui ont obtenu la connaissance parfaite et par là ont acquis le repos éternel, le nirvâna (*nát-bàn*), après avoir prêché la loi sur la terre. Les bodhisattvas (*bŏ-tát*), destinés au même affranchissement, ne sont pas encore sortis du monde des phénomènes, où ils exercent une action bienfaisante pour les êtres. »

(3) *Thâp-điện* : dix régions infernales comprenant chacune un tribunal, un enfer principal et dix-huit enfers secondaires.

les images de toute souillure ; épouvantails des âmes simples, l'un à tête de cheval, armé d'une lance sacrée, l'autre à tête de buffle, armé d'une massue à pointe de fer, ils avertissent les chercheurs du danger de leurs recherches et arrêtent sur le chemin qui côtoie le mal, ce précipice moral, et la folie, ce précipice intellectuel, les cœurs et les esprits prompts à s'affaroucher des apparences.

Sur le même rang que l'autel qui soutient le *cưu-long thập-kiếp*, sont les deux *hộ-pháp* (1), colossales statues des gardiens du seuil, géants veilleurs des trésors, l'un à la figure douce et blanche, tenant en main une boule d'or ; l'autre, punisseur du sacrilége, assis sur une chimère prête à bondir, la figure rouge, le poing droit, l'œil menaçant : autour d'eux, les *bồ-tát* bienveillants et donneurs de conseils étagent leurs figures blanches, leurs mains à l'index dressé.

Enfin, le long des murs de soutènement de la pagode, à moitié sculptés dans la pierre dure, encastrés pour jamais dans l'édifice dont ils semblent soulever les toits de leurs robustes épaules, les huit *kim-cương* (2), dieux de la guerre, esprits combattants, les muscles saillants, le masque rouge au visage, le sabre au clair, menaçant de tous leurs gestes et de toute leur masse, arrêtent l'inquiet, épouvantent le pusillanime, stupéfient l'indifférent, et, portant au cœur des foules une crainte salutaire, rendent la science plus inaccessible et les savants plus révérés.

Une grande cloche de bronze, autour de laquelle se tord le dragon symbolique, attend l'appel des fidèles et double les bruits extérieurs dans ces cavités merveilleusement sonores.

Tel est le péristyle de Phú-nhi. Formidable, aux jours de fête, il arrête les fidèles prosternés et impressionne la foule jusqu'au cri...

Sur la périphérie de la salle centrale, quatorze colonnes de *trắc* supportent le toit aigu, qui s'étend sur le milieu de la cour intérieure : entre les larges baies de ces colonnes, aucun mur n'est dressé ; seules les statues divines s'élèvent, et autour d'elles les feuillages sacrés, les fleurs gigantesques de la cour enclose s'aperçoivent.

---

(1) *Hộ-pháp* « protecteur de la Loi » ; c'est le dvârapâla des Hindous.

(2) *Kim-cương*, ou Vajrapâni. « Les Chinois appellent les gardiens des portes les *kim-cương*, c'est-à-dire Vajrapâni, bien qu'à vrai dire ils ne portent pas toujours, ni même généralement le *vajra* (massue de diamant) ; mais il suffit qu'ils le portent quelquefois pour que cette appellation soit justifiée. » (*Bulletin de l'École Française d'Extrême-Orient*, t. XXV, p. 442.)

Sur de grands cubes de pierre, dont chacun dépasse en hauteur celui qui le précède, et qui semblent des tables d'holocauste, s'élèvent, de façon à ce que d'un seul coup d'œil elles soient embrassées toutes, les figures les plus augustes du culte primordial.

Là, Quá-Hải, le traverseur des mers, recouvert d'une seule plaque d'or et les mains jointes vers la terre, se tient debout. Là, Tả Nam-tào et Hữu Bắc-đầu (1), dieux témoins de la naissance et de la mort des hommes, assis en leurs vêtements rouges brodés d'or, la chevelure et la barbe blanches, hiératiquement coiffés, tiennent entre leurs mains les livres célestes, où l'humanité tout entière passe en laissant une trace individuelle. Là, les quatre *Cơ-thiên*, à genoux dans leurs robes quadricolores, personnifient les quatre mondes adorateurs de l'Être universel.

Là, Ngọc-Hoàng, empereur céleste, dresse sa taille triple de la taille humaine au-dessus de tous les autres dieux, et de ses mains, blanchies par l'éternité, compte par autant de plaques noires, à son cou suspendues, les humanités qu'il fait vivre et les existences qu'il distribue ; là, dix-huit *cửu-long*, symbole des offrandes des *bồ-tát* qui se sont succédé dans la vie, noircis par les âges et les voyages, sont empilés sur des tables de marbre ; là, Thổ-địa et Thành-hoàng, assis, la figure noire, esprits de la terre et des forces matérielles, le livre de l'étudiant et le bâton du voyageur à la main, représentent la matière adorant l'action créatrice.

Et le degré s'élève encore : voici le đại Ri-đà (2), colossal, enfermé dans une plaque dorée de quatre mètres de haut, chevelu, crépu, dieu de la justice immanente et finalement victorieuse, assis, les mains jointes, dans l'attitude suprême de celui qui a le temps, entouré des deux *thế-tử* qui, debout, lui présentent les livres où sont inscrits les actes des hommes.

Voici la Déesse aux douze bras, la Déesse du fond des mers qui, de ses membres multiples, symbolisant les signes archétypes, apporte l'hommage des actions et des

---

(1) *Nam-tào* (étoile du Sud) est la divinité qui forme, avec *Bắc-đầu* (étoile du boisseau du Nord) et *Ngọc-hoàng* (Empereur de jade), la triade suprême des taoïstes *Nam-tào* est à gauche de *Ngọc-hoàng*, il est chargé de tenir le registre des naissances humaines. *Bắc-đầu* siège à sa droite, il est chargé du registre des décès.

(2) Ri-đà ou A-ri-đà (Bouddha Amitâbha), chef suprême du Sukhâvati ou Paradis de l'Ouest, qui fut popularisé par l'école dite du Lotus (*liên hoa tôn*).

pensées. Voici Bà thị-Kính (1), la déesse de la pureté, assise sur une gloire blanche, un fruit d'argent à la main. Voici le dieu-déesse qu'on ne nomme point et qui préside, une fois sous la terre, aux magies et aux divinations.

Enfin, un socle de deux mètres de haut arrête le regard ; et, les pieds à la hauteur des icones précédentes.

----

(1) Quan-âm *Thị-Kính* est l'une des formes de Quan-âm. Elle est représentée sous les traits d'une femme assise sur un rocher et drapée dans une robe à larges plis ; elle porte un enfant dans ses bras. Auprès d'elle, perché sur une branche d'arbre ou une pointe de rocher, se tient un perroquet vert. Voici la légende que rapporte à son sujet Gustave Dumoutier : « Autrefois, en Corée, vivait un homme riche nommé Sung, lequel avait une fille unique fort jolie et d'une douceur parfaite qu'on appelait *Thị-Kính*. *Thị-Kính*, recherchée en mariage par tous les brillants partis de la contrée, se décida en faveur de *Thiện-sĩ*, fils de *Mãng*. Les époux vécurent très heureux pendant environ trois années ; puis il leur arriva une aventure qui bouleversa leur existence. Un jour que *Thiện-sĩ*, revenant de voyage, reposait accablé sous le poids de la fatigue et de la chaleur, sa femme, étendue près de lui, aperçut sous son menton un poil de barbe qui poussait à rebours. Se levant sans bruit, elle prit un couteau très tranchant et se préparait à couper ce poil de barbe, quand son mari s'éveilla. A la vue du couteau suspendu sur sa gorge, *Thiện-sĩ* crut que sa femme voulait le tuer ; il se jeta sur elle en poussant un grand cri, et tous les domestiques et les parents accoururent. Malgré ses pleurs et ses protestations, la pauvre *Thị-Kính*, convaincue de tentative d'assassinat, fut expulsée de la maison par les parents de son mari. Au moment de franchir le seuil, elle se retourna et, maîtrisant ses sanglots, elle se prosterna, selon le rite, devant son mari et la famille qui la répudiaient. Puis, ne voulant pas rentrer chez ses parents, elle revêtit un costume masculin, se rendit dans une pagode et se fit admettre comme religieux. Elle vécut ainsi travestie parmi les bonzes pendant plusieurs années, édifiant, sous le nom de *Kính-Tâm*, c'est-à-dire « cœur respectueux », toute la communauté par ses prières et sa piété. Or, dans le village voisin, se trouvait une fille du nom de *Thị-Mầu*, qui, ayant coutume de venir à la bonzerie le 15ᵉ jour de chaque mois pour faire ses dévotions au Bouddha, avait remarqué la jolie figure du faux bonze et en était devenue amoureuse. *Kính-Tâm* était loin de se douter de la passion qu'elle inspirait, mais son domestique, *Thương-Mầu*, jeune étudiant écervelé, s'étant aperçu du manège de la fille et, voyant son maître insensible, résolut d'en profiter pour lui-même ; il l'attira sans peine dans la cellule de *Kính-Tâm*, un jour que le faux bonze était allé recueillir des aumônes pour la communauté dans les villages des environs, et parvint à la séduire. Quand vint le moment où cette fille ne put plus cacher sa faute, les notables de son village se réunirent, lui infligèrent une forte amende et lui demandèrent quel était le père de son enfant. La malheureuse, conservant dans son cœur un secret ressentiment contre *Kính-Tâm* qui l'avait, croyait-elle, dédaignée, dénonça le faux bonze aux notables, ajoutant qu'il avait usé d'artifices magiques pour avoir raison d'elle près de la stèle du temple. On fit venir le supérieur de la communauté, qui protesta de l'innocence de son subordonné dont il fit hautement l'éloge ; mais celui-ci n'en fut pas moins saisi et frappé avec la dernière violence. Il eût été facile au faux bonze de se soustraire à ces mauvais traitements : il préféra tout endurer et ne pas dévoiler son subterfuge. Quand l'enfant de la fille vint au monde, son indigne mère ne voulut pas le garder ; elle le porta à la pagode et, le plaçant sur l'autel, elle dit aux religieux rassemblés : « Voici l'enfant de *Kính-Tâm* ; c'est le fils du bonze : que le bonze le reprenne ! » Puis elle s'en alla. Les religieux consternés firent comparaître *Kính-Tâm*,

Voici *tam-thế* et la Trinité-céleste, la triplicité se confondant en l'unité, représentation de la vision directe; tous quatre si élevés que le peuple qui est en bas ne les voit point, et que, au-dessus des fleurs épanouies dont ils sortent, ils sont cachés par les frises multicolores de l'édifice: ainsi ils personnifient les mystères de l'Invisible, et la foule, les croyant la plus haute manifestation du Grand Inconnu, cherche de tous ses yeux à percer l'ombre des voûtes et l'opacité du métal; tandis que, caché mieux qu'ailleurs, au beau milieu de la lumière, l'Impénétrable s'étale au jour, sous leurs yeux inconscients.

Autour de ces autels s'étendait la cour intérieure, avec ses ombrages élevés, ses multipliants aux racines bizarres, ses flamboyants d'où, aux soirs d'automne, tombaient des pluies de fleurs de sang; avec ses aréquiers, perçant les voûtes de feuillage, avec ses caoutchouquiers aux grosses branches immobiles; à leur pied, parmi l'herbe folle, les vasques couvertes de *hoa sen* géants aux feuilles glabres, aux fleurs stupéfiantes, les *sa-sâm* qui appellent l'amour, les *thăn-mắt* qui appellent la mort.

Et parmi les pierres, sur la terre et sous les eaux couraient, poussaient, se cachaient, animaux, végétaux, minéraux, les treize principes mortels de la toxicologie hiératique des *Phan-khoa-Tu*, révélée, sous les plus étroits serments, à un collège unique et silencieux.

---

s'attendant à voir leur collègue s'indigner et repousser l'enfant; mais, à leur grande surprise, *Kinh-Tâm*, n'essayant pas même de se défendre, saisit l'enfant et le couvrit de baisers. Le supérieur, convaincu dès lors de sa culpabilité, chassa *Kinh-Tâm* de la communauté. *Kinh-Tâm* s'en alla, portant dans ses bras l'enfant de *Thị-Mầu*, et se mit à parcourir le pays, mendiant pendant le jour du lait pour soutenir la chétive créature, et passant les nuits en prières. Quand l'enfant eut trois ans, *Thị-Kinh*, à qui nous rendons son nom de femme, épuisée par les privations qu'elle s'était imposées et sentant sa fin prochaine, revint dans le village de son ancienne communauté, demanda l'hospitalité à un notable qui ne la reconnut pas, puis elle écrivit trois lettres qu'elle fit porter par l'enfant à ses parents, à son mari et au supérieur de la bonzerie; après quoi elle s'étendit sur la terre et mourut. Quand le bonze eut pris connaissance de la lettre par laquelle *Thị-Kinh* avouait son sexe, il réunit les bonzesses et les matrones et leur confia le soin d'ensevelir la malheureuse. Les notables, reconnaissant qu'ils avaient injustement maltraité le faux bonze, condamnèrent *Thị-Mầu* à supporter tous les frais des obsèques de *Thị-Kinh*, à prendre le deuil pour son mari, et à faire transporter le cadavre dans sa famille. Les parents et le mari de *Thị-Kinh*, également prévenus, fondirent en larmes et sortirent pour recevoir le corps, mais comme le cercueil pénétrait dans la maison, une tempête terrible se déchaîna, et l'on vit, au milieu des éclairs, la morte et l'enfant transportés dans les airs, le corps lumineux comme celui du Bouddha. Un oiseau vert voltigeait autour d'eux, c'était *Thiện-sĩ* le mari, transformé en perroquet. »

...Mais voici le dernier parvis du claustral édifice. Là, contre le mur terminal de la pagode, Thanh-dà, dieu des combats, dressait son masque rouge entre ses deux acolytes, les Tho-song noirs. Là, Thanh-trang, habillé d'or, tendait les bras aux saints de l'avenir ; et à côté de lui, le dieu des harmonies, au corps bleu, réjouissait son esprit des accords divins ; tout autour les *thập-bát La-hán* [1], deuxième chœur céleste, âmes protectrices des savants et des sages, formaient un cercle respectueux.

Là, enfin, *Thập-bát Lang*, dieu de la vitesse, maitres des inférieurs et de la mort, habillé de rouge et d'or sombre, était assis dans une *ngai-dinh* de métal, voyant, avec un rictus complaisant, l'humanité dresser des autels à la négation omnipotente, au grand ostacle qui la fait choir sur le chemin du Vrai ; et au pied de la monstrueuse idole, le *pháp*, le visage perdu dans une barbe immense, était accroupi.

Derrière lui, masquant une porte secrète donnant accès sur l'enclos extérieur où poussaient tous les toxiques et toutes les médicinales de l'Annam, était dressée la grande pyramide symbolique, l'une des merveilles de l'empire, l'iconique amoncellement qui faisait, de la pagode de Phú-nhi, la reine des pagodes du Nord.

C'était une pyramide quadrangulaire, dont la base occupait la moitié des parois, et dont le sommet se perdait dans les solives ouvragées du toit supérieur. Sur chacune des faces était personnifié, par ses attributs et par la symbolisation de ses qualités essentielles, l'un des quatre mondes sensibles de l'univers extérieur. Sur cet amoncellement, trois cent soixante statues étaient à même sculptées dans la pierre énorme, éclatant témoignage de l'ardeur de la foi, du génie de l'art, et de la puissance du concept.

Sur la face nord, un enchevêtrement de blocs figuraient les montagnes et les pics ardus ; là les quatre-vingt-dix statues cyclopéennes des Esprits de la Nature Abrupte gardaient les grottes, traversaient les fleuves, paissaient les troupes des éléphants et des tigres, forgeaient le fer et découvraient l'or ; et dans une caverne profonde, Nhạc-Phù, le dieu des montagnes, était accroupi, les genoux aux dents, gardant le feu central, et, sur son épaule, équilibrant l'univers.

Sur la face ouest, les flots pressés couraient les uns sur les autres en volutes bleues et figuraient l'empire changeant des

---

[1] *Thập-bát-La-hán :* 18 Arhats, saints personnages qui ne sont connus jusqu'ici que par le 法住記 de Hiuan-tsang. *Cf. Bulletin de l'École française d'Extrême-Orient*, t. XVI, n° 5, p. 73.

mers : là, les quatre-vingt-dix statues marines des Esprits des Eaux guidaient les navires, peuplaient les abîmes, se jouaient sur les eaux courroucées et retenaient, au fond des mers, les épaves enlacées dans leurs bras multiples ; et dans une grotte toute pavée de nacre, Thûy-Phu, le dieu des eaux, soulevait d'un geste les tempêtes furibondes et les débordements féconds.

Sur la face sud, s'étendait en couleurs vertes l'empire des bois et de la terre : là, les quatre-vingt-dix statues androgynes des Esprits du Sol construisaient les villes, sémaient le riz et amenaient partout le bonheur de la paix et de l'abondance. Et Ri-Lạc (1), dieu de la richesse, étendu, gras et joyeux, dans la rizière féconde, souriait aux efforts des humbles et des croyants.

Sur la face est enfin, des nuages blancs et dorés représentaient l'empire des airs : là, les quatre-vingt-dix statues ailées des Esprits de l'Espace faisaient étinceler le soleil, rayonner les étoiles amies, et orbitaient les mondes infatigables dans leurs courses sans fin ; et sur un nuage figurant la profondeur de l'immensité Tẻ-Thiên-Đại-Thánh, dieu de l'Ether, entouré de l'immaculée blancheur du vide, dressait son front superbe, nimbé d'un rayon de la céleste lumière.

Cet échafaudage incroyable, cette pyramide qui résumait la matérialité des choses et l'immatérialité des idées, dressait dans une stèle splendide, jusqu'aux pieds de l'Eternel, l'envolée adoratrice de l'universalité des êtres créés.

A. de POUVOURVILLE, *L'Annam sanglant* (2), p. 214-228.

---

(1) Ri-lạc est la forme sino-annamite de Maitreya, le bouddha futur. Cette divinit ventrue, au large rire épanoui, est très en bonneur en Annam et en Chine, et on trouve peu de temples bouddhiques où sa statue dorée ne figure en bonne place, c'est-à-dire au centre des gradins, en arrière de la statue allégorique de la naissance du Bouddha (cửu-long). « Le père de Ri-lạc était le roi Kim-Chi. Sa mère s'appelait Kim-Tức. Il naquit pendant l'année cyclique *tân dậu*, le 17ᵉ jour du 11ᵉ mois, à l'heure *mùi*. Il se fit religieux et fut pendant 46 ans solitaire ; il mourut le 20ᵉ jor du 12ᵉ mois de l'année *giáp thân*. » (G. Dumoutier, *Les Cultes annamites*, p. 27).

(2) Jugeant *L'Annam sanglant*, M. Alfred Droin déclare : « Ce livre a ceci de particulier qu'écrit par un Européen, il pourrait être signé par un mandarin lettré indigène. C'est l'histoire de la conquête, vue, non du côté français, mais du côté annamite. Tout au long du récit, on est grisé par des odeurs d'opium et de frangipaniers ; on est ébloui par les couleurs violentes des étendards et des costumes, tandis que résonnent sur les plaines ensanglantées, les tam-tam et les gongs dominant les cris de guerre. Au point de vue de la forme littéraire, rien de plus parfait. Albert de Pouvourville cisèle ses périodes comme José Maria de Heredia ses sonnets. Et, cette comparaison m'est une occasion de citer encore ses *Rimes chinoises*, recueil de vers d'une mince épaisseur, mais qui renferme toutes les splendeurs asiatiques, comme une opale enferme un vaste incendie de lumière et de couleur. . . . » (apud L. Cario et Ch. Régismanset, *L'exotisme*, p. 106).

Le Nénufar.

Sur les bords endormis du lac, auprès des berges,
Dans l'eau, qu'argente un grand reflet d'acier poli,
La plante dresse ses tiges d'un vert pâli,
Molles comme des joncs, nettes comme des verges.

Nénufar, dont la robe est sans tache et sans pli,
Dont la blancheur fait honte à la blancheur des cierges,
Fleur de la paix, fleur de la mort, fleur de l'oubli,
Fleur des amants déçus, fleur des dieux, fleur des vierges !

Humant l'âpre parfum de tes pistils glacés,

Des flamants roses, sur les grandes feuilles plates,
Reposent au soleil leurs ailes écarlates.
Et la nuit, le ciel mort, et les oiseaux passés,

Ta corolle, aux poisons mystérieux et fastes,
Endort profondément, parmi des rêves chastes,
Les cœurs endoloris et les esprits lassés.

A de POUVOURVILLE, Rimes d'Asie (1), p. 31-32.

(2e édition. Paris, Eug. Figuière, 1912)

Orient.

La nuit chantante vient de se taire. A son tour
S'éteint des reflets bleus la lueur coutumière ;
Et le vent matinal, annonciateur du jour,
Courbe d'un souffle ami les riz de la rizière.

Une touche d'argent affermit le contour,
Au bec des toits pointus, des chimères de pierre :
Et, tremblants de gaité, de jeunesse et d'amour,
Les vivants, confiants, attendent la lumière.

---

(1) « Mat-Gioi a réuni dans une plaquette une soixantaine de sonnets, dont chacun vaut un long poème et qui composent une œuvre unique et supérieure. Il en a modifié la forme classique en ajoutant entre les quatrains et les tercets un vers unique intercalaire. Ce n'est pas cette modification extérieure qui emporte mes suffrages. Je m'en serais volontiers passé et sa pensée n'aurait rien perdu à être étroitement modelée dans le moule classique. Mais j'admire sans réserve son rythme puissant, les sonorités riches et harmonieuses de ses rimes, l'opulence et la plénitude de ses images, la profondeur de sa pensée et je ne sais quel charme personnel et mystérieux qui ne se rencontrent que chez les vrais poètes. » (Victor Lê Lan, Essai sur la littérature indo-chinoise, p. 29.)

Or, il paraît soudain, le rayon précurseur,
Un frisson de bonheur court sur toute la plaine ;
Les flots tumultueux de la clarté hautaine
Intérèbrent le sol, ému de leur splendeur ;

Et le Dieu, rayonnant de chaleur et de gloire,
Illuminé de feu, d'or, de pourpre et de moire,
Dans le ciel embrasé monte en triomphateur.

A. de Pouvourville, Rimes d'Asie, p. 39-40.

Le lac [1].

Sur les tranquilles eaux, sans port et sans navire,
Lê-Lợi, pêcheur sans pain, sans armes, vagabond,
Ceint du glaive sacré, chevaucha le Dragon,
Et fut à l'Orient, plein de rêves d'Empire.

Lê-Lợi s'en est allé : l'Empire est moribond :
Et pourtant, sur le lac, on voit les dieux sourire ;
Et, parmi l'orchidée et le lys martagon,
Aux bords d'Hồ-tây, le flot complaisamment expire.

Les douleurs d'aujourd'hui n'émeuvent plus les eaux.

Seul, un bonze, parfois, lassé de ses travaux,
Marche silencieux, sur la rive trempée :
L'âme grave, l'œil clair, le pas sacerdotal,

Il va, se souvenant de l'antique épopée,
Et, dans les flèches d'or du ciel occidental,
Croit voir, du lac divin, surgir la Grande Épée.

A. de Pouvourville, Rimes d'Asie, p. 57-58.

---

(1) Ou *Hồ hoàn-kiếm* « Lac de l'épée restituée ». Ce lac a une légende qui se rapporte à des faits historiques ; le héros est Lê-Lợi, devenu roi sous le nom de Lê Thái-tô (1428-1433). « Un jour, — d'après une légende traduite par G. Dumoutier, — qu'il avait jeté ses filets dans le Petit Lac, il ramena non point du poisson, mais une épée splendide dont la lame, large et forte, lançait des éclairs. Le pêcheur eut alors l'intuition d'une communication céleste, d'un ordre d'en haut, il cacha soigneusement l'épée, travailla sourdement à un soulèvement populaire, puis, lorsqu'il eut recruté suffisamment de partisans, il se mit à leur tête, se déclara en révolte ouverte contre les Chinois et commença cette admirable guerre d'indépendance qui dura dix ans (1418-1428) et qui restera une des plus belles pages des annales héroïques de l'Annam. Lorsque les Chinois furent chassés du territoire, Lê-Lợi se fit introniser à Thăng-long (Hanoi), et à cette occasion il voulut offrir lui-même un sacrifice au génie du lac, où jadis il péchait des poissons. Il s'y rendit ceint de l'épée miraculeuse, précédé et suivi d'un important cortège. Mais à peine le roi était-il arrivé près de la rive que l'on entendit comme un coup de tonnerre, chacun vit alors avec épouvante l'épée royale sortir d'elle-même du fourreau et se métamorphoser en dragon couleur de jade qui se précipita dans les eaux où il disparut. Il fut dès lors manifeste que le génie du lac avait pris la forme d'une épée et s'était servi du bras de Lê-Lợi pour chasser les Chinois. »

Ly Dong Than.

Pacifique chercheur des plus subtils problèmes,
Ly Dong Than est assis au seuil de sa maison,
Dans les senteurs de l'air, parmi les chrysanthèmes
Qu'à son toit le soleil pend en toute saison.

Son esprit ne connaît, des négateurs extrêmes,
Ni l'orgueilleux plaisir, ni le mortel poison.
Le Livre où Laotseu (1) parle de la raison
Lui tient lieu de vertu, de règle et de systèmes.

Il aime seulement son jardin parfumé

Où le cache aux regards un rideau de platanes.
Il connaît le silence; il sait que les arcanes
Veulent la solitude; et quand il a fumé,

Fier d'être sans désirs, heureux d'être sans gloire,
Sa main à l'ongle long, du geste accoutumé,
Prend la tasse de jade, ou le pinceau d'ivoire.

A. de POUVOURVILLE, Rimes d'Asie, p. 63-64.

---

(1) *Đao-đức kinh* de Lão-tử; v. l'édition et la traduction de Stanislas Julien, publiées à Paris en 1842 sous le titre de *Tao-te king, le livre de la Voie et de la Vertu.* — On connaît bien moins la vie de Lao-tseu que celle de Confucius. Le premier était contemporain du second, mais bien plus âgé, car il était né en 604. Les deux philosophes se rencontrèrent lorsque Confucius vint visiter la ville des Tcheou, où Lao-tseu occupait un emploi. Plusieurs écrivains chinois, en racontant les entretiens des deux sages, nous montrent leurs contrastes. On y représente Confucius comme le moins grand des deux; il sait beaucoup de choses, mais ne possède pas encore la vraie sagesse, il poursuit encore des fins terrestres et s'arrête à des chimères. Confucius semble avoir été persuadé lui-même de la supériorité de Lao-tseu, il le compare à un dragon qui s'élève à une hauteur inaccessible, au milieu du vent et des nuages; sans doute c'était à lui qu'il pensait un jour qu'il parlait à un interlocuteur d'un saint homme dans l'Occident. Du reste la personne de Lao-tseu reste dans l'ombre. Jamais il n'essaya d'exercer la moindre influence sur son temps et il ne forma pas d'école. La légende veut qu'à la fin de sa vie il ait disparu à la frontière occidentale de l'empire. L'officier qui commandait à cet endroit le pria d'écrire ses idées sur le *tao (đạo)* et sur la vertu. Après avoir obéi à cette requête, il franchit la frontière pour terminer sa carrière à l'étranger. Plus tard naquirent de nombreuses légendes sur sa vie. Cf. P.-D. Chantepie de La Saussaye, *Manuel d'histoire des religions,* p. 51; A. Réviell, *La Religion chinoise,* p. 373 et suiv.

Le pays mường [1].

Sous les horizons bleus de la forêt lointaine,
Le Mường a bâti son toit indifférent.
Un petit champ de riz, sur le bord du torrent,
Suffit à contenter sa misère hautaine.

Des fourrés inconnus revêche capitaine,
Dur au contrebandier, mortel au conquérant,
Le court fusil en main, d'un geste intolérant,
Il défend de tout viol sa patrie incertaine.

Brave comme un Français, calme comme un Chinois,

Il ne craint, quand sa lance est d'aplomb sur l'épaule,
Ni le serpent qui mord, ni le tigre qui miaule.
Il vit comme ont vécu ses pères, autrefois.

Et, vers le Mont sacré, sans autels et sans prêtres,
Il invoque, debout, l'esprit de ses Ancêtres,
Endormis dans le fond des vallées et des bois.

A. de POUVOURVILLE, *Rimes d'Asie*, p. 83-84.

La mort du Sage.

Le Sage va mourir. Nul souci funéraire
N'altère au dernier jour son calme accoutumé.
Emportant avec lui tout ce qu'il a semé,
Il quitte sans regret sa prison temporaire.

---

(1) On désigne sous le nom de Mường un groupe ethnique stationné le long de la lisière Ouest du delta tonkinois. Son centre est sur la basse Rivière Noire, dans la province de Hoà-bình. Une partie, cependant, de ces populations habite le bassin proprement dit du Fleuve Rouge. Les Mường sont en grande majorité dans les châu de Thanh-son et de Yên-lập de la province de Hưng-hoá, et assez nombreux encore, un peu plus au Nord, dans la vallée de Nghĩa-lộ, qui est comprise dans la province de Yên-bái. Le dialecte parlé par les Mường est très apparenté à la langue annamite. Un grand nombre de mots sont communs, avec, parfois cependant, une accentuation différente et des déformations dialectales constantes : Ciel, *tlơi* ; Soleil, *mặt tơi* ; Lune, *mặt lang* ; Etoile, *ngôi sao* ; Terre, *tất* ; Eau, *đác* ; Feu, *củi*, etc. (E. Lunet de Lajonquière, *Ethnographie du Tonkin septentrional*, p. 342 et suiv.)

Dans la voie, où l'attend le Solitaire aimé
Laokiun (1), il va joindre, au bouquet parfumé
Du Lotus symbolique et du *Sen* littéraire,
Les lys pâles et froids des jardins sans lumière.

Les Cinq Livres (2) l'ont fait paisible et confiant.

Comme il fut doux envers la Terre endolorie,
Elle épargne à son fils tout spasme humiliant,
Et le livre sans choc à la Mort attendrie.

L'Heure sonne. L'Aile s'ouvre. Et le patient,
Le front serein, les doigts croisés, l'œil souriant,
Entre les mains des Dieux rend son âme fleurie.

A. de POUVOURVILLE, Rimes d'Asie, p. 133-134.

La prière.

C'est le jour rituel. J'ai fait, humble et pieux,
Aux tablettes des miens l'offrande héréditaire:
A mon tour chef de race, et plus proche des dieux,
Je remplis envers eux l'antique magistère.

J'ai donné le parfum secret, et la patère
Pleine de liqueur d'or, et les *pháo* joyeux,
Et les papiers écrits, et le riz, dont la terre,
Recouvre ses seins verts et réjouit nos yeux.

J'ai prononcé les noms des Métaux et des Plantes,

Et j'ai prié, plein de respect, ayant porté
Le festin sur l'autel des Amitiés Absentes,
Les Esprits des Vieillards, en toute humilité,

D'accepter ce repas de mes mains suppliantes...
Et j'ai vu se pencher, sur les coupes fumantes,
Les Aïeux souriants, repus d'éternité.

A. de POUVOURVILLE, Rimes d'Asie, p. 161–162.

---

(1) Lão-quân = Lao-tseu, philosophe spiritualiste chinois. Cf. *supra*.

(2) Les Cinq Livres sont le *Thi-kinh* « Livre des vers », le *Thu-kinh* « Livre des annales », le *Dich-kinh* « Livre des transformations », le *Lê-ki* « Mémorial des rites » et le *Xuan Thu* « Printemps et Automne » Ce dernier, appelé aussi « Chronique de Confucius », est l'histoire du royaume de Lỗ, pays d'origine de Confucius, dans la période de 722 à 481 avant J. - C.

Le temple indochinois.

Le temple indochinois [1] a, en dehors des détails dont peuvent l'entourer les architectes imaginatifs, une construction traditionnelle, un type dont on ne s'éloigne que rarement [2]. Il rappelle la construction chinoise, non pas que les Chinois aient importé là leurs principes d'architecture, mais bien parce que la chaleur du climat et la violence des orages imposent, dans tout l'Extrême-Orient, des règles identiques dans la construction de toutes les habitations, maisons, temples ou casernes, où l'on recherche avant tout la fraîcheur et la solidité.

C'est pourquoi des toits considérables, en pyramide, donnent, sur des murs de 2 mètres à peine, des travées qui atteignent 15 à 18 mètres ; c'est pourquoi un côté sur quatre, celui du Nord, est toujours laissé sans fermeture et libre à l'air ; c'est pourquoi tous les édifices sont hypostyles, et renferment, suivant leur grandeur (les Rites étant à ce sujet tombés en désuétude), trois, sept, ou même neuf rangées de colonnes [3].

Le temple lui-même comprend un grand péristyle, qui forme à lui seul l'un des côtés de l'édifice, les trois autres côtés étant formés par un péridrome, caché de l'extérieur par des murs et des colonnes engagées, et donnant, par leurs côtés intérieurs, sur une cour plantée des arbres sacrés. Ce péristyle, ce péridrome et ce jardin englobent la portion principale du temple, qui domine le péristyle d'environ un

---

(1) Lisez : temple annamite.

(2) Le Rituel des Tcheou (*Chu-lê*), qui fut écrit en 1109 avant J. - C., donne, pour l'architecture, des instructions qui sont encore suivies aujourd'hui. « La Chine contemporaine, écrit G. Dumoutier dans ses *Essais sur les Tonkinois* (p. 106), a le même aspect qu'avait la Chine il y a trois mille ans, et on peut en inférer que les formes architecturales des édifices tonkinois d'aujourd'hui sont celles-là même qu'enseignèrent aux Annamites les conquérants chinois des premiers siècles de l'ère chrétienne. L'architecture annamite est simplement de l'architecture chinoise, et, si on en excepte les palais de Hué, on peut ajouter qu'elle est de l'architecture chinoise modifiée dans le sens de la décadence, ou plus exactement de l'insuffisance des moyens. On y retrouve en outre çà et là quelques influences étrangères, principalement dans les édifices religieux. »

(3) Des tours bouddhiques de forme chinoise se rencontrent au Tonkin dans quelques bonzeries, mais elles paraissent des réductions de celles de la Chine, et bien que le nombre de leurs étages soit le même, ces étages sont tellement petits que l'édifice n'est pas sensiblement plus élevé que la toiture du temple. « On conserve, rapporte G. Dumoutier, le souvenir de la tour de Báo-thièn, qui était une des merveilles de l'Annam. Elle a disparu depuis longtemps ; elle occupait les terrains de la cathédrale de Hanoi et on a pu voir pendant des années, engagés dans les racines d'un banian du temple voisin, des blocs de pierre sculptés provenant de cette tour qui fit l'admiration des anciens Annamites. »

mètre, et à laquelle on accède par des marches latérales assez étroites, de chaque côté de la table de pierre des offrandes : ces marches sont bordées de colonnes et de statues. Sur ce premier exhaussement se trouve un autel, sur cet autel un deuxième, sur ce deuxième un troisième ; de sorte que, aux yeux des spectateurs du péristyle, les statues les plus élevées se perdent dans les solives. Cette construction dénote une connaissance approfondie de la perspective de sentiment, et double la grandeur réelle et la majesté de l'édifice ; car, outre l'éloignement fictif que produit l'exhaussement successif des plans, il faut remarquer que, si grand que soit un temple, il n'a jamais de murs intérieurs, et que les colonnes seules soutiennent l'édifice.

A. de POUVOURVILLE, *L'art indo-chinois* (1), p. 23-25.
(Paris, Quantin, 1894)

Le Dragon et la maison indochinoise.

Le choix de l'emplacement de la maison indochinoise est un véritable Rite ; sa construction est une véritable cérémonie. Le Dragon, qui est le symbole de la sagesse divine et la manifestation de sa puissance sur la terre, est aussi le Père de la race annamite et le Directeur de toutes les actions des fils respectueux et fidèles (2). Les grands Dragons, qui, au temps légendaire, parcoururent, créèrent et

---

(1) « Il n'est plus permis, — dit M. Henri Gourdon dans une conférence fait à l'Ecole coloniale, à Paris, le 9 janvier 1914, — il n'est plus permis de parler d'un « art indo-chinois » quand on sait les différences fondamentales des sources d'inspiration de l'art cambodgien et cham, d'une part, et de l'art annamite, de l'autre. Et même, pour ne parler que de celui-ci, les frontières qui le séparent de l'art chinois deviennent de plus en plus indécises dès qu'on s'efforce de délimiter le champ de l'un et de l'autre. . . »

(2) En Europe, le dragon est la personnification du mal, du démon ; ici, c'est tout le contraire, il est l'objet d'un respect absolu. Il est l'emblème de la puissance et de la noblesse : on le brode sur les robes des hauts fonctionnaires, comme on brodait en France des fleurs de lis ou des abeilles sur les manteaux des rois. Jusqu'en 1293, époque de l'avènement au trône d'Annam du roi Anh-tôn, de la dynastie Trân, les souverains annamites se faisaient tatouer un dragon sur les jambes. Il est dit dans le *Dại Việt sử ký* que le peuple de Giao-chỉ, habitant la plaine et l'embouchure des fleuves, était fort souvent victime des serpents, des crocodiles et autres monstres aquatiques ; il s'en plaignit à son roi qui était de la race des dragons ; le roi lui recommanda de se tatouer sur le corps des figures de dragons, et depuis lors il put sans aucun danger se livrer à la pêche aussi bien dans la mer que dans les fleuves.

gouvernèrent l'empire d'Indo-Chine, sont aujourd'hui montrés dans les images, et leurs dépouilles corporelles sont enfouies au fond de la terre. Bâtir sa maison auprès d'elles est une condition de bonheur, disent les sages. Les montagnes épandues sur le sol sont le dos du Dragon, et les pierres (*dá ong*) à trous [1] sont leurs écailles ; il est bon de se mettre à leur proximité ; les collines qui sortent des chaînes sont leurs pattes innombrables, et, s'il est bon de se mettre à leurs côtés, il ne faut pas se mettre à la place des griffes. Il faut, si l'on peut, se placer où soufflait leur haleine (auprès de leur gueule, d'où sortait le caractère *phúc*, le bonheur), et c'est le présage assuré de royauté future que de bâtir sur la place de leur œil. C'est pour obéir à cette tradition que Cao Biên [2] bâtit la pagode de Môt-côt [3] à Hanoi, et que, pour que personne ne fût roi après lui, il fit construire une colonne élevée, dont les fondations devaient crever l'œil du Dragon. Cette cruauté ne lui réussit point, puisqu'il mourut obscurément et en disgrâce.

A. de Pouvourville, *L'art indo-chinois*, p. 75-76.

Peinture et Broderie.

La peinture et la broderie sont les deux branches où les Indo-Chinois ont le plus copieusement manifesté leur amour du dessin.

---

(1) Pierre dite de Biên-hoà.

(2) Cao Biên (Kao P'ien), général chinois, songea à faire de Hanoi une ville immense, et reconstruisit, en 867, dans de vastes proportions, « l'enceinte de l'oppidum chinois, dont on retrouve encore, de nos jours, dans la zone suburbaine, les importants retranchements : c'était la muraille Nord de l'ancienne citadelle, continuée par la levée appelée « digue Parreau », avec le Grand Lac à ses pieds ; à l'Ouest, les hauts terrassements qui ont pour fossé le Sông Tô-lịch ; au Sud, le mur Francis Garnier se poursuivant vers le village de Bach-mai et s'appuyant vers l'Est à la digue qui longeait le fleuve. Cette ligne extérieure de fortifications représentait un développement de 18 kilomètres de terre rapportée. Ce sont les seuls vestiges de cette époque reculée, car aucun monument ni aucune stèle du IXe siècle n'est parvenu jusqu'à nous. » (Cf. Madrolle, *Tonkin du Sud*, p. 4.)

(3) Ou Pagode Nhât-trụ « Pagode du pilier unique ». Les origines de cet édifice sont diversement rapportées. « D'après la stèle qui se trouve à l'entrée du bâtiment principal, Cao Biên (IXe siècle) serait l'auteur du monument ; au contraire, les annales ne feraient remonter sa construction qu'au XIe siècle, à Lý Thành-tôn. Ce roi se désolait de ne pas avoir de descendance lorsqu'il vit en songe Quan-âm, assise sur un nénuphar, sortir des eaux et lui présenter un enfant. Pour rappeler ce rêve, le roi ordonna d'édifier une pagode élevée sur une fleur de lotus. La déesse bénit alors la famille royale ; il naquit un fils (1066), qui régna de 1072 à 1118 sous le nom de Nhân-tôn (Cf. Madrolle, *loc. cit.*, p. 30.)

L'histoire de la peinture a déjà été longuement traitée dans des ouvrages spéciaux; qu'il nous suffise de rappeler que les principes de la peinture indochinoise laissent à l'inspiration de l'artiste plus d'indépendance et de fantaisie que ceux de la peinture chinoise; elle admet plus de liberté dans la facture, une observance moins étroite des formules classiques, une certaine tendance au naturalisme. D'autre part, les Annales de l'Empire nous apprennent que ce fut avant l'établissement de la dynastie Lê, c'est-à-dire dès le XIVᵉ siècle et auparavant, que l'imitation de la nature fut la plus chère étude des peintres indochinois; ils l'imitèrent avec la tendresse, la délicatesse poétiques que pouvait leur inspirer la gracilité de leur physique et la gracieuseté de leurs sentiments; et cette délicatesse, parfois faite un peu de recherche et de mièvrerie, s'est conservée jusqu'à nos jours; la finesse et la grande minutie de l'exécution empêchaient toutefois le style large et libre et les grands effets décoratifs. Mais ce qu'ils perdaient en dessin, les artistes indo-chinois le regagnaient sur les Chinois dans l'harmonie des couleurs et la vigueur du coloris; et cette qualité toute spéciale se remarquait bien plus encore, dans les broderies que dans les porcelaines et les peintures.

A. de POUVOURVILLE, *L'art indo-chinois*, p. 252-253.

L'artiste indochinois.

C'est par souches et communautés qu'on produit et qu'on travaille, et de ces souches sortent indéfiniment des ouvriers de la même branche d'art, qui ont appris, sans qu'on le leur enseigne, les rubriques de la fabrication et les procédés de la production; la nature, plus ou moins heureuse, fait le reste.

L'individualité de cette éducation, le peu de souci de la gloire, l'impersonnalité des motifs et l'horreur que tout Indo-chinois lettré éprouve pour un déplacement quelconque, donnent à l'artiste une vie modeste, cachée, mais aussi indépendante. La façon dont il s'est formé, sans réclamer aucune aide matérielle ou morale, n'impose aucune obligation à sa production et à son existence artistique. Il ne réclame rien de personne, et personne ne lui vient rien offrir. Le personnage de Mécène est inconnu dans la Péninsule. L'effort de l'artiste n'est pas récompensé, mais il n'est pas non plus comprimé(1).

Il ne s'insinue donc pas chez les grands ni auprès des rois, et la protection artistique des puissants n'existe point. Le peu de besoins des hommes, l'amour de leur foyer et de leur indépendance, ne les invitent pas à aller chercher au loin la richesse, mais aussi la servitude. D'ailleurs, on ne se fait point idée d'une cour artistique en Orient ; pour génial que l'on soit, on n'approche pas le roi ni ses ministres ; l'étude des problèmes gouvernementaux intérieurs et des finesses politiques extérieures leur laisse peu de temps à d'autres intérêts moins graves ; de plus, les Rites cérémoniels, d'une majesté et d'une sévérité excessives, n'eussent pas toléré à la cour l'introduction des artistes de toutes les familles.

A. de POUVOURVILLE, *L'art indo-chinois*, p. 275-276.

Un naufrage.

Ce convoi comprenait quinze pirogues chargées des approvisionnements des postes frontières, et était sous les ordres d'un sergent de légionnaires. Les eaux furieuses de l'été tombaient encore des montagnes, et cette course, qui jusque-là n'avait pas eu de précédents, offrait un danger sérieux. Par prudence, et à cause de la difficulté qu'il y a à faire remonter les passages périlleux à quinze pirogues voyageant de conserve et chargées au maximum, on n'allait qu'avec une extrême lenteur, et le convoi avait mis vingt-neuf jours pour se rendre de Van-bû où nous nous trouvions.

---

(1) Telle n'est pas l'opinion de M. Albert Maybon, qui s'exprime ainsi dans *L'Art décoratif* du 20 avril 1912 : " Si les mandarins apprenaient qu'un homme était habile dans une profession, ils le faisaient conduire *manu militari* à la capitale, où on le condamnait à travailler pour l'empereur ; jamais payé, tout juste nourri, il vivait comme un galérien, jusqu'à la vieillesse, entre les murs du palais. Ce n'était pas pour encourager les artisans ! Aussi l'on imagine que tous, tant qu'ils jouissaient de la liberté, ne devaient guère s'appliquer à leur ouvrage — s'ils ne le sabotaient pas volontairement — afin d'éviter les travaux forcés et la détention perpétuelle ! Sous un régime politique et social différent, les manifestations artistiques du peuple annamite eussent peut-être été autres, car il est permis de croire qu'il y avait en lui d'heureuses dispositions latentes. Ce qu'il a produit n'est pas sans intérêt ; certaines œuvres témoignent d'une recherche personnelle, d'une certaine originalité. "

Là, de graves circonstances s'étaient produites; de violents orages avaient eu lieu coup sur coup, des pluies terribles étaient tombées sans relâche, et l'on pouvait craindre une crue énorme de !a rivière. Dans la dernière journée, les eaux se précipitèrent (1) avec une telle violence dans le lit du fleuve, qu'il fallut, pour ne pas être entraîné, s'arrêter et user de l'énorme corde pour relier les quinze pirogues au rivage.

Le soir vint : le niveau des eaux commença à augmenter; il fallait à chaque instant détendre la corde, qui, sous la pression des eaux montantes, menaçait de se rompre. Une pirogue chavira, puis une seconde, sous les remous qui les faisaient tournoyer et les prenaient en flanc. Le chef du convoi fit alors transporter à terre un tonneau et un sac de piastres, qu'il était chargé personnellement de transporter à Laï (2), et fit coucher tous les Européens hors des pirogues : il ne laissa dessus que les piroguiers nécessaires pour la

---

(1) Les grammaires disent que, dans les récits suivis, il faut considérer si la période du temps dont on parle dure encore ou non, et que le passé simple n'est possible que si cette période est écoulée. Ex. : Quoi qu'il en soit, lecteur, voilà ce qu'il *advint* à mon ami Mardoche, en l'an *mil huit cent vingt* (Musset). Le passé simple est une forme de langue savante. Elle rend la *succession* d'actions tombées dans le passé, une fois qu'elles sont accomplies Ex. : La barrière de bois *s'ouvrit*; un homme *rentra*, âgé de 40 ans peut-être, mais qui semblait vieux de 60, ridé, tortu, marchant à grands pas lents, alourdis par le poids de lourds sabots pleins de paille. Ses bras trop longs pendaient des deux côtés du corps. Quand il *approcha* de la ferme, un roquet jaune, attaché au pied d'un énorme poirier, à côté d'un baril qui lui servait de niche, *remua* la queue, puis se *mit* à japper en signe de joie. L'homme *cria* : A bas! Finot! Le chien *se tut* (Maupassant, *Contes choisis*, p. 230.) D'une façon plus générale, le passé simple traduit toute une série d'événements passés. Voilà pourquoi c'est le temps usité en histoire. Ex. : La Révolution *gâta* tout. Elle écarta durement le voile gracieux qui couvrait la ruine publique. Le voile arraché laissa voir le tonneau des Danaïdes (Michelet, *Histoire de la Révolution française*, p. 112). Mais il ne faut pas aller jusqu'à dire: en pareil cas l'action passée s'exprime *toujours* par le passé simple; cela serait faux. Même dans un récit, même quand il s'agit d'actions passées dans un temps écoulé, le passé composé tend nettement à prendre la place du passé simple en langue usuelle, et il arrive fort bien qu'une série de passés composés soit substituée à la série des passés simples, pour peu qu'on imite la langue parlée. Voici un récit de paysans: Dans le pays des hommes allaient, frappant de porte en porte : « Les uhlans! les uhlans! sauvez-vous! » Vite, vite, on *s'est levé*, on *a attelé* la charrette, *habillé* les enfants à moitié endormis et l'on *s'est sauvé* par la traverse avec quelques voisins. (A. Daudet, *Contes du lundi*). Il ne faudrait pas toutefois commettre l'erreur de croire que seule la langue littéraire soignée use encore du passé simple. Il figure dans le plus banal des échos ou des faits-divers. Ex. : Une pierre de taille *tomba*. L'énorme masse *vint* s'abattre sur le sol; on *organisa* immédiatement des secours; on *transporta* les blessés dans une pharmacie voisine, d'où on les *conduisit* à l'hôpital (d'après la méthode de M. F. Brunot.)

(2) Laï châu.

conservation. Les flots se croisaient furibonds ; les pirogues s'entrechoquaient terriblement ; on eut tous les maux du monde à empêcher qu'elles ne s'écrasassent. Deux autres furent jetées par un tourbillon de vent sur une pointe de roc où elles se brisèrent, et coulèrent immédiatement.

Enfin, à 2 heures du matin, par les ténèbres les plus complètes, l'accident prévu arriva. Une ligne blanchâtre, écumante, grondante, parut en haut de la Rivière, qu'elle descendit avec la rapidité de la foudre, et se dessina à six mètres au-dessus de la tête des hommes débarqués. C'était la lame de la crue. Pour ne pas être emportés, les hommes s'accrochèrent aux rocs, et grimpèrent au-dessus de cette épouvantable avalanche d'eau. L'énorme corde fut arrachée en deux endroits et coupée comme une simple ficelle : les onze pirogues qui restaient furent chavirées d'un seul coup, brisées, coulées, et leurs débris s'enfuirent comme de la poussière, précipités sous les vagues grondantes.

Quelques piroguiers, en voyant arriver la crue, avaient sauté hors des pirogues ; mais plusieurs étaient endormis, ou n'eurent pas le temps de se dégager. Quarante-deux manquèrent au lever du soleil, soit qu'ils eussent été engloutis sur place, ou entraînés plus loin par la fureur des eaux. La Rivière resta impraticable pendant trois jours, après quoi elle descendit peu à peu au niveau où nous la trouvâmes, et qui était inférieur de quatorze mètres au niveau où la crue avait porté la corde.

A. de POUVOURVILLE, Dans les Seize châu, p. 75-77.
(Paris, Chamuel, 1895)

Le réveil du village.

Des rizières très vertes s'égayaient de longs drainages, et des sentiers étroits, converts d'herbages, leur servaient de limites ; et malgré que (1) la nature fût luxuriante, elle était déserte, tant le travail de la terre est facile, tant les mois-

---

(1) « Malgré que, lit-on dans la Grammaire de MM. Larive et Fleury, ne peut s'employer que devant le verbe avoir. Ex. : Malgré que j'en aie, c'est-à-dire en dépit de moi. » Le développement de malgré que comme conjonction rencontre, en effet, des adversaires irréductibles (Cf. la méthode de M. F. Brunot). Néanmoins, beaucoup d'écrivains s'en sont servis, depuis Vigny, Daudet en particulier : « L'air brûlait, malgré qu'on fût au déclin de la saison. » (Tartarin sur les Alpes, p. 356.)

sons viennent seules, sous l'action des eaux et du soleil, et laissent de loisir à leurs possesseurs. Des bouquets de bois, où flambaient les fleurs rouges, où éclataient les corolles blanches, coupaient la plaine avec tant d'art naturel qu'on eût dit un jardin ; des pagodons, haltes coutumières des voyageurs, s'accroupissaient sous de gros banians, rois de la plaine ; de rares buffles, en liberté dans les verts espaces, fronçaient leurs gros mufles étonnés ; sous des frondaisons très légères, on sentait l'agglomération des villages, au bruissement vague des marchés et de la vie intérieure des cases ; au loin, sur les flots d'un arroyo qu'on devinait, la toiture d'un pont de bois dressait son échine brune et l'élégance solide de ses courbes Les portes des enceintes étaient ouvertes, les herses levées ; tout respirait la paix et la quiétude, et le Tân-viên lui-même, dans la blancheur immaculée du matin, avait perdu son aspect menaçant, et semblait plutôt quelque génie tutélaire, assoupi dans sa gloire, aux extrémités de l'horizon.

A. de POUVOURVILLE, *Le Maître des Sentences*, p. 90.
(Paris, Ollendorff, 1899)

L'instruction en Annam.

A propos de notre instruction, nous n'avons jamais subi un jour de punition ou une perte de liberté. Le matin, quand les nattes étaient fraîches, nous lisions, encore couchés, les livres sacrés et les préceptes de Kongtzeu (Khŏng-tử). Et nous nous efforcions de les retenir, non pas tant pour en encombrer notre mémoire, que pour en façonner notre intelligence. Et nous allions très lentement dans notre étude, car il nous fallait comprendre seuls, et nous n'avions point de maîtres pour tout nous expliquer. Mais aussi ce que nous comprenions était compris pour toujours. Je ne peux pas avoir, dans toute ma vie, de moments plus doux que ceux des longs soirs d'été, quand le soleil est depuis longtemps déjà sous l'horizon, sous les vérandahs ouvertes aux grandes brises fraîches de la montagne lointaine Nous étions couchés indifféremment sur les nattes, ou sur les marbres de la cour, ou sur l'herbe du jardin ; et un seul de nous faisait une lente lecture d'un ouvrage prudent ou joyeux, en s'arrêtant à chaque phrase, pour nous laisser le temps de réfléchir et de parler. Et nous étudiions ainsi, dans l'ombre amie, étendus sous les arbres verts d'où pendaient de longues grappes de fleurs odorantes. Pendant la causerie, on fumait et on buvait de petites tasses de thé ; c'est ainsi que j'ai appris la science des arbres autour des plantes, et la science des astres, la nuit, couché sur le dos, et regardant le scintillement des étoiles. Et quand le livre était fermé, et que chacun en avait mis les préceptes dans son esprit, les plus jeunes allaient dormir, et nous autres, nous allions à travers les jardins pleins d'ombre, causant à voix basse jusqu'au matin, ou bien nous allions retrouver, sur nos nattes, la fidèle lampe toujours allumée ; et, à travers les fumées, nous revoyions, d'une mémoire nette et d'un esprit facile, les déductions des sages et les harmonieuses songeries des chanteurs. Croyez-moi, mon maître, vos enseignements rapides et sévères peuvent vous rendre savants un jour ; mais ils donnent le dégoût d'apprendre davantage. Chez nous, au contraire, les années d'études sont les plus belles de la vie ; nous les prolongeons, si nous le pouvons, au travers de (1) toute notre existence jusqu'au jour où la mort, suprême et dernier pédagogue, nous apprend enfin toute la vérité.

A. de POUVOURVILLE, *Le Maître des Sentences,*

p. 136-138.

Une forêt du Haut Tonkin.

Parmi les sinuosités du Rirng-day, au Sud-Est de l'immense forêt, s'ouvre, au milieu des pentes, un ravin encaissé, au fond duquel chuchote un peu d'eau sur de gros blocs. De grands arbres enserrent les pierres de leurs puissantes racines ; des bambous épineux éclairent, de leurs feuilles vertes et aiguës, la noire chevelure des caoutchouquiers ; invisible de la plaine, un sentier furtif court sous les lianes, et se perd dans les herbes et les roseaux des pentes

Parfois un montagnard, l'œil et l'oreille aux aguets, le suit dans le silence éternel et dans la solitude de la

---

(1) *A travers, au travers.* On regarde par une fenêtre ouverte, on observe à travers un rideau. L'idée est qu'il y a non seulement un point à passer, mais un obstacle à franchir. Les grammairiens ont prétendu réserver ce sens à *au travers* La vérité est que l'on ne fait cette distinction que bien rarement. Littré reconnaî que l'usage n'a pas accepté les règles qu'on a prétendu imposer.

forêt. Mais s'il ne sent pas la trace avec le flair d'un limier, il tourne, s'égare et se perd dans la profondeur traîtresse des halliers et des fourrés ; ondoyante et capricieuse, la sente traverse les brousses revêches, les buissons épineux, les lianes ensorcelantes, et toutes les croissances et les frondaisons inquiétantes que la hache n'a jamais violées ; et soudain elle finit au bord d'une clairière à l'herbe rare et brûlée, pour reprendre, de l'autre côté, sa direction incertaine dans les ténèbres suspectes du couvert inexploré. Ainsi tournoyante, descendant et remontant les pentes multiples des ravins intérieurs, abusant toute perspicacité dans ses détours, au fond des bois, toujours semblables et sans la moindre échappée d'horizon, jusqu'à la fin du jour elle trompe et désespère le voyageur imprudent et inquiet. Et, après avoir, pendant des heures, hésité au milieu des verdoyants mensonges, des apparences trompeuses, et des ombres sans fin des grands bois, subitement, elle part, et tout droit s'enfonce au plus épais des futaies, glissant sous les ronces, les lianes, et sous les fleurs secrètes et les fruits empoisonnés ; et soudain elle s'arrête au bord d'un grand espace vide, entouré de tous côtés par la forêt, et au milieu duquel, sous la lumière bleuâtre du ciel crépusculaire, un étang mystérieux et inconnu brille d'un reflet d'acier. Pas une ride sur l'eau, pas une trace de pas sur la rive ; des nénufars géants étalent leurs feuilles plates et l'éclatante blancheur de leurs pétales énormes ; partout le silence du désert ; mais le désert de la forêt est un désert vivant.

L'eau n'est ni profonde ni trompeuse ; on voit le sable jauni au fond de son cristal bleu ; mais elle barre le passage, et, à droite et à gauche, baigne d'impénétrables halliers. Le terrain, brusquement de l'autre côté de la nappe d'eau, remonte, et s'enfonce au plus obscur de la forêt. Et si le montagnard égaré, tremblant de la nuit passée parmi les bêtes fauves et les toxiques parfums des végétaux, traverse l'étang et rentre dans l'épaisseur des bois, et qu'il monte le talus qui termine le bassin enchanteur, soudain le sol se hérisse de mille pointes acérées de bambous trempés dans le poison, et, du fond du taillis, ou du haut des arbres, ou des trous de la terre, surgissent, descendent et s'élancent des hommes armés, aux yeux ardents, qui l'empoignent, le garrottent, et l'entraînent vers une enceinte, découverte enfin sous l'ombre perfide des arbres géants.

A. de POUVOURVILLE, *Le Maître des Sentences*, p. 140-142.

Légende du Lac de l'Épée.

C'était dans ce même paysage que, quatre cents ans auparavant, des eaux tumultueuses du petit lac, le Dragon (*Long*) avait surgi, dans sa gloire et sa colère, aux yeux épouvantés du pêcheur Lê-Lợi, et lui avait apporté, dans sa gueule pavée de dents d'or, au lieu du caractère de longévité que représentent les livres, la grande Epée de la délivrance.

Lê-Lợi tremblant avait reçu l'épée. Et dès qu'il en eut saisi la garde, la volonté et la tranquillité des dieux était descendue dans son cœur. Il avait salué, suivant les rites traditionnels, le Dragon (*Long*), père de la race, qui tendait vers lui ses oreilles aux pointes bleues ; il avait abandonné ses filets sur la rive ; et il était parti seul, à la conquête de l'empire. Et derrière lui, en signe de la protection d'en haut, son ombre se déroulait sur les herbes comme les anneaux ailés du Dragon.

Ainsi Lê-Lợi, armé de l'Epée, chassa les hommes du Nord, les « oncles à queue de rat », qui gardaient la cité et les provinces, et fonda, dans le royaume rendu à l'indépendance, la glorieuse dynastie des Lê, qui vécut trois cent soixante et quinze ans (1) parmi les louanges d'un peuple heureux.

Quand il mourut dans son palais de Kẻ-chợ (2), dont aujourd'hui il ne reste pas une pierre, une tempête d'éclairs et de pluie s'abattit sur la ville ; et, des nuages jusqu'à terre abaissés, le Dragon (*Long*) surgit, entra dans le palais par la muraille, reprit dans sa gueule l'épée de la délivrance, et s'abîma avec elle dans les eaux courroucées du petit lac. De ce jour le peuple le nomma : le Lac de l'Epée (3). Et l'é-

---

(1) D'après le P. Cadière (*Tableau chronologique des dynasties annamites*), la dynastie des Lê postérieurs régna pendant deux périodes. La première va de l'an 1418 jusqu'à l'an 1526, soit 109 années. Après cette première période vient un interrègne occupé par les Mạc. La seconde période va de l'an 1533 jusqu'à l'an 1789 et comprend 16 empereurs ayant régné pendant 257 années. En tenant compte de l'interrègne, les deux périodes réunies embrassent 372 années.

(2) Kẻ chợ « le marché » désigne Thăng-long (Hanoi).

(3) Ou « Lac de l'épée restituée » (*Hồ hoàn kiếm*) ; cf. supra. L'histoire nous apprend que « La terre de Giao-chỉ allait être ruinée pour jamais, quand un homme plein d'énergie et de résolution, Lê-Lợi, fils d'un chef de tribu de la province de Thanh-hoa, se fit le champion de l'indépendance et se mit à la tête de tout ce qu'il y avait encore de vrais Annamites avec le titre de Bình-định vương. C'était en l'année 1418 ap. J.-C. Lê-Lợi avait

pée n'en sortira qu'au jour marqué pour la suprême victoire des enfants d'Annam.

A. de POUVOURVILLE, *Le Cinquième Bonheur*, p. 125-126.
(Paris, Louis Michand, 1911)

La nuit dans les rizières.

Rase et toute de velours, la plaine gît sous la nuit.

La coupole du ciel asiatique, profond et sombre, descend et se pose, régulière, sur la terre endormie ; et l'horizon de ténèbres découpe, aux abords du sol invisible, un cercle aussi parfait que sur l'immobile Océan. Une très légère brume se joue dans l'air tiède : le croissant lunaire timbre, à l'Occident, le large écusson des nues, et traîne sur les herbes les derniers plis de sa robe d'opale. La nuit lumineuse vibre dans le silence universel.

Au Nord, au Sud, à l'Est, à l'Ouest, il n'y a pas un renflement, pas un abaissement du sol, pas de collines, pas de vallons : l'eau même des rivières continue la plaine et passe au ras des moissons, comme font les sentiers. Pas un arbre, pas une pagode, rien ne sollicite et n'arrête le regard éperdu, noyé dans la continuité plate, qui pressent, comme sur les mers indéfinies, la courbure de la terre.

...Pressées, caressantes et flexibles, les tiges innombrables des riz s'inclinent à la longue haleine des brises nocturnes, qui courent doucement dans le même sens que les eaux. Nées de ces souffles larges, de sinueuses vagues végétales, plus noires que la nuit, roulent lentement d'un bout à l'autre de l'horizon, sous lequel elles disparaissent. C'est là le seul mouvement de la voluptueuse immobilité de la nature ; et, quand la vague a passé, rien ne bouge jusqu'au souffle prochain. Des rivières aux courbes molles, aux eaux lentes et silencieuses, à travers l'humus gras s'infiltrent, et goutte à goutte s'insinuent à travers le terrain détrempé des rizières,

---

été un des généraux de Trong-quang ; et les généraux chinois le regardant comme un homme à ménager, lui avaient confié la surveillance de toute la lisière des montagnes de l'Ouest et du Sud. Avec ce point d'appui, son parti grossit de jour en jour ; il fut secondé par Nguyên-Tiên, grand lettré d'alors, qui est l'ancêtre des rois actuels, et après beaucoup de courage, de constance et d'habileté, ce vaillant homme parvint à chasser les Chinois, à détruire les cabales Lý et Trân et à se faire reconnaître par la Chine elle-même roi d'Annam. »

changé en étang fécond. Sous les courants de l'air nocturne, les herbes tour à tour s'abaissent et se relèvent sur la surface liquide, avec un court friselis qui chante sur toute la plaine, comme un satin caressé par les mouvements onduleux d'une femme très jeune. Et c'est une note unique, prolongée, amplet légère et profonde, douce et poignante, fragile et qu'on sen, éternelle, qui répond, de la terre, à la céleste harmonie des astres. Rien d'autre ne surgit et ne vibre. Toute la vie se repose dans l'immensité solennelle et noire.

A. de POUVOURVILLE, *La Greffe*, I, p. 135-137.

(Paris, Eugène Figuière, 1922)

Réveil de la rizière.

... Une touche grise surgit à l'Orient : du lit des rivières, des voiles de brume s'élèvent, diaphanes, et, par le haut, bordés de mauve : une teinte d'aigue-marine court furtivement au ras du sol : une brise plus pressante, qui courbe les têtes folles des riz et qui effiloche les nuées basses, annonce la lueur du jour. Dans les villages jusqu'alors silencieux, les gongs de bois des veilleurs sonnent les coups espacés du crépuscule matinal.

Les portes s'ouvrent : les herses de bambou se lèvent en grinçant ; les éoliennes exhalent leur dernière plainte ailée au haut des miradors. On entend sur les sentiers furtifs le pas uniforme des laboureurs. Innombrable et minuscule, le peuple se répand dans les champs, mouillés par les eaux fécondes ; les gens des villages s'éparpillent, le dos courbé déjà pour le travail du jour, travail mesuré dont les gestes pareils ont été faits par leurs ancêtres, et seront faits par leurs descendants.

Lentement l'étendue s'éveille, majestueuse, immaculée, dans une atmosphère caressante et nouvelle. La verte richesse des deltas s'offre à la jeune lumière. Et, joyeusement confuse, la rumeur de la rizière, ruche calme et confiante, monte au ciel bienveillant...

Les voici, un à un, sortis de leurs villages et gagnant le champ communal, en file indienne, par les sentiers étroits qui serpentent à travers les parcelles ; hommes, femmes, enfants, — les seules vieilles gens demeurant à la paillote familiale pour décortiquer et faire cuire le riz à manger, — tous se rendent à la rizière comme à la source unique de la richesse du monde. Lentement et sûrement, tous les jours, le flot de force coule vers la terre qui l'attend et y remplit son office. Les uns portent les cordes qui retiennent les attelages, les autres les houes, les faucilles et les sacs de semences. Et les femmes, au sommet des diguettes, cadencent les pas de leurs pieds minuscules et les balancements de leurs mains étroites, et profilent la précieuse silhouette de leurs hanches dansantes sur le ciel fin de l'aube; et, fermant la marche, les gros buffles bleus, aux yeux de faïence et aux regards stupides, s'en vont vers la charrue primitive, les cornes en avant, bêtes énormes et fauves, que guident en chantant les tout petits enfants juchés sur leur cou. En file unique et serrée, ils vont le long des sentiers et, à chaque parcelle, des groupes s'égrènent et descendent, à droite et à gauche sur la verte surface. Nus jusqu'aux cuisses, habillés d'un *áo* teint d'un rouge sale, les cheveux relevés sous un chapeau plat en feuilles de latanier, tous commencent le geste du labeur héréditaire, pendant que le buffle, en attendant le labour, s'accroupit, lourd et maladroit, dans la boue fraîche. Et des chants — les chants de la rizière, que la rizière entend depuis quatre mille ans, — s'élèvent et se croisent dans l'air apaisé du matin.

A. de POUVOURVILLE, *La Greffe*, I, p. 139-141.

La forêt vierge.

C'était, au Nord, au Sud, à l'Est, à l'Ouest, la forêt. La forêt inexplorée sur la montagne vierge. Sur tout l'orbe visuel, il n'y avait pas la moindre surface horizontale; c'étaient des enchevêtrements de collines, de vallons, de mamelons aux formes puissantes, aux déclivités majestueuses, et, entre eux, de profondes et étroites coupures où roulaient les eaux sauvages.

Sur tout ce terrain tourmenté, la sylve étendait son manteau somptueux. Toutes les pentes longues et douces, et aussi les arêtes échevelées, balançaient la houle verte et désordonnée des futaies. Quelques roches rouges, sur des sommets aigus, émergeaient, comme des îles, de cet océan passionné, et pourtant immobile et silencieux. De rares carrés de verdures pâles — les rizières du riz rouge de la montagne — accrochaient les rayons d'une lumière plus vive.

Partout ailleurs, le velours épais des frondaisons absorbait le soleil et le jour dans une coloration très ample ; la teinte, d'un vert riche et pompeux, montait jusqu'au violet clair sur les combes occidentales, et descendait jusqu'au noir dans les ravines serrées des thalwegs, où de fugitifs éclairs de blancheur trahissaient les rapides et les cascades.

Au travers des panaches feuillus, dans l'air apaisé et brillant, filaient quelques fumées opalines, droites et grêles, au-dessus des cahutes invisibles des bûcherons et des chasseurs. Dans cet ensemble d'une beauté régulière et d'une touchante splendeur, se fondaient les formes étranges et les monstrueuses beautés de la flore, et aussi les mystères sanglants de la faune. Sur ce tableau unique, planait un sentiment de paix enveloppante et de religieuse harmonie.

A. de POUVOURVILLE, *La Greffe*, II, p. 13-15.

Devant l'autel des ancêtres.

Le soir était tombé déjà, mais la nuit n'était pas pleine encore. Dans la maison, Dan avait laissé retomber les cloisons et fermé les portes. Il était seul dans la chambre centrale, tout assombrie de crépuscule, devant le lit de parade, au fond duquel, sur le meuble long et ajouré, se dressait, modestement sculptée la Tablette des Aïeux. Sous les caractères qui disaient les noms de la série ancestrale et que de séculaires offrandes avaient noircis, des baguettes parfumées brûlaient lentement, et piquaient le clair-obscur de leurs pointes rougies. Quelques volutes se levaient, et retombaient dans l'atmosphère tranquille de la pièce. Et c'était tout.

Devant cela, Dan était à terre, dans cette position familière aux Jaunes, qui rappelle l'accroupissement du tailleur et le prosternement du fidèle. Il tenait ses mains à plat étendues sur ses genoux : ses yeux, dont le regard était dirigé droit devant lui, ne voyaient rien, ni personne : et il demeurait dans une immobilité absolue.

.... Il paraissait ne point vivre, et, comme on dit, « il regardait en dedans ». Et pourtant, dans la vitre de cet œil vague et de ce regard perdu, il y avait une fixité et un éclat singuliers. Ce regard, ardemment fixé sur le nom des Ancêtres, faisait comme une ligne tangible entre les pères et le fils.

Vraiment cet homme, écroulé là, évoquait l'âme de sa race ; et les esprits des Ancêtres, réveillés à sa prière ardente et muette, franchissaient, à son appel, le seuil de cette demeure, qu'ils avaient bâtie et habitée, et venaient conseiller, de toute leur sagesse séculaire, son actuel possesseur.

A. de POUVOURVILLE, La Greffe, II, p. 82-81.

Une lettre d'Indochine.

« …Très loin, je suis très loin, si loin qu'il me semble que je ne pourrai jamais revenir ; et j'ai vécu parmi des gens si divers, et j'ai acquis des idées si étranges que, si je revenais un jour, je ne connaîtrais plus personne… Ici, tout est riche, ample, chaud, splendide et d'une violence passionnée qui emporte tout. J'ai vu la rizière, émeraude démesurée, sertie des diamants chatoyants des eaux irriguées ; la topaze brûlée des soirs d'été et l'opale irrisée des matins… J'ai couru la brousse ardente toute craquante de chaleur et ruisselante d'une poussière d'or ; j'ai pénétré la forêt froide, toute lourde de parfums mystérieux, où des fleurs imprévues éclairaient les ténèbres des frondaisons massives… J'ai vu des hommes couverts de haillons glorieux, et des femmes de qui la poitrine cliquetait de plaques d'argent sur leur peau d'orange (1) ; et les architectures formidables, dont les pierres de couleur ont gardé la brûlure de mille soleils (2) ; et tout cela, dans la réverbération d'une lumière insoutenable et d'une chaleur dont l'air, le sol et le ciel paraissaient confondus. … Je suis un autre homme… J'ai dans les yeux un autre regard … Et dans mes veines coule un autre sang que lorsque j'habitais la terre humide et grise où je suis né, et sur qui les grands souffles du large rabattent les écumes salées de l'Atlantique….. »

A. de POUVOURVILLE, L'heure silencieuse, p. 141-142.
(Paris, Éditions du Monde nouveau, 1923)

---

(1) Allusion à certaines peuplades du Haut-Tonkin, notamment aux Mân Côc et aux Mân Tiên.

(2) Au premier rang de ces « architectures formidables », il convient de placer le groupe incomparable d'Angkor (Cambodge) et l'immense ville sainte de Mi-son (Quang-nam). « Quelle description, s'est écrièe Mᵐᵉ Jeanne Leuba à propos de cette dernière, ne faudrait-il pas pour évoquer ce groupe magnifique où 67 édifices ou traces d'édifices (datés du Vᵉ siècle de l'ère chrétienne) ont été reconnus et dégagés ! »

Arrivée à Haiphong.

Volontairement d'abord, et pour chasser ses tristesses, machinalement ensuite, dans un lent éveil de curiosité, Marcel regardait du haut du pont le golfe, les côtes et cette révélation première du paysage qui désormais encerclerait son existence..... Les flots étaient rouillés, les terres brumeuses, le ciel gris de suie. Il pleuvait sur le Cửa-Câm. Le *Cambodge* stoppait pour prendre le pilote, et des herbes, des détritus, nageaient autour de ses flancs sans pouvoir le dépasser, nonchalants et sales. Dans le grand silence de l'espace désert, la respiration du navire s'entendait seule, haletante comme le souffle d'un animal à bout de course. On ne distinguait point sur les nuages bas sa fumée livide.

Marcel se raisonna pour réprimer un serrement de cœur devant le navrement des choses, puis, comme le *Cambodge* repartait, il considéra les rochers de la Các-bà, les Norway, la pointe de Doson et d'Hòn-dâu, tous les bastions ocreux et nus, toute la ligne de remparts ébréchés et sans grandeur défendant de la mer le Delta tonkinois. Déchirant la pluie, le premier plan des rizières lui apparut enfin. Jusqu'à l'horizon la plaine se déroulait, monotonement plate et verte, frisée ras par les panaches des aréquiers, pareille à un très vieux tapis au tricot, — lamentable.....

.....La rivière charria le vapeur dans ses courbes. On croisait des jonques, sabots difformes, dont les voiles cachaient d'immenses dans de ce paysage écrasé. L'eau demeurait mêmement boueuse, ainsi qu'elle roule dans les labours après les gros orages. En suspens, elle emportait, visibles, une poussière de brique finement pilée, une farine de maïs. La pluie qui la battait, poudroyée presque, semblait tomber d'une passoire, et, moins la violence, terminer la gerbe d'un vaporisateur. Les rives coulaient au fleuve, à larges pans de beurre d'un jaune luisant et gras. Un sentier les surplombait de quelques centimètres, jalonné de norias, limitant le flot lancéolé des riz. Fréquemment, des buffles au cuir écorcé de bouses et de boues, y profilaient leur masse grise, se détournaient sans impotence aux coups de sifflet et regardaient avec des yeux énormes, aux cils de fil de fer, la montée ralentie du navire. Ils étaient souvent à toucher ; Marcel distinguait la sournoiserie féroce de leur regard, le retroussis de leurs narines flairant l'Européen. Des flocons blancs sortaient avec leur souffle, disaient, précipités, la colère de ces brutes, s'accrochaient aux tiges d'herbe en brins de ouate.

Puis, ce furent des cases entr'aperçues, des pagodes au faîte dentelé, des huttes de terre, coiffées de paillotes, égayées par des coqs Un héron s'enleva, gris et rose, et des aigrettes délicieusement blanches, leurs pattes de soufre pendant, obliques et unies. Haïphong se rapprochait, devinable, sur le fleuve, aux jonques plus nombreuses, sur la rive, au croissant fourmillement des porcs ; et, soudain, le *Cambodge* atteignit des navires de guerre mouillés le nez au courant, très étranges au milieu des terres basses. Sur le pont, des matelots firent des signes : les pavillons répondaient au salut officiel du paquebot ; des voix arrivaient, joyeuses : Voilà le courrier !…

Paul BONNETAIN (1), *L'Opium*, p. 148-150.
(Paris, 1ère édition, Charpentier, 1886)

(1) Paul Bonnetain, né à Nîmes en 1858, mort à Khong (Laos) en 1899. "Venu ici, au moment de la conquête comme correspondant militaire du *Figaro*, il put, au hasard des marches, de la vie des postes et de la vie de la brousse, tenir un carnet de notes dont, plus tard, dans un roman presque toujours exact et toujours vigoureux, mais souvent un peu touffu, il sut faire une série de tableaux attrayants et vrais. Tout le monde a lu *l'Opium*. Je viens de le relire et j'y retrouve comme des photographies du vieux Hanoi, au temps que la rue Paul Bert, mal dégagée, se nommait la rue des Incrusteurs. J'y vois passer, circuler et vivre des types que nous avons tous connus, nous, les anciens, et dont beaucoup, trop nombreux, sont allés rejoindre l'écrivain sous cette terre indo-chinoise, à laquelle il a laissé sa cendre après avoir donné le meilleur de son âme. La réputation de l'écrivain était déjà faite avant qu'il ne vînt en Indo-Chine et ne se prît à la décrire. Je n'ai donc pas à refaire son éloge après tant d'autres ou bien à le blâmer d'avoir mis son talent incontestable et incontesté au service de mauvaises causes. Avant de prendre pour la première fois le paquebot, ce n'était plus un novice ; il n'était plus un écolier des lettres. Il avait même déjà obtenu certains succès de librairie et avait une renommée. On pouvait blâmer sa manière ou le choix de ses sujets. Mais on savait aussi que c'était un sensitif et un consciencieux, incapable de dépeindre autre chose que ce qu'il aurait vu. De fait, *l'Opium*, qu'il a consacré à une autobiographie et à l'histoire du lendemain de la conquête, est un tableau fidèle dont aucun de nous ne contestera le plus léger détail, cependant qu'il séduisait les lecteurs de France. Ce qui nous permettra d'affirmer, en passant, que, quand on a le talent réel et honnête des Loti, des Bonnetain, il n'est nul besoin, pour corser ses effets, d'inventer des détails plus ou moins absurdes, de fabriquer des mœurs plus ou moins étranges pour les pays et les peuples que l'on veut faire connaître. Il suffit de savoir les regarder et aussi de savoir dire ce que l'on a vu. Je donne tous mes suffrages à l'homme qui sait intéresser les Français de France, et en même temps les Français du Tonkin, qui fait dire aux premiers : "C'est étrange et c'est joli", qui fait dire aux seconds : "C'est joli et c'est vrai". Paul Bonnetain y a pleinement réussi. A ce point de vue, il est des nôtres et nous lui offrons sa place, une place d'honneur, parmi les écrivains indo-chinois. Nous aurions voulu la lui faire plus belle encore. Mais il ne nous appartient pas tout entier. Il fut assez des nôtres pour mourir parmi nous. Mais il n'y avait pas vécu sa prime jeunesse et son bagage littéraire, sauf le beau volume dont je viens de parler trop hâtivement, appartient plutôt au romantisme de la fin du dernier siècle. (Victor Le Lan, *Essai sur la littérature indo-chinoise*, p. 9-10.)

Les œuvres indochinoises de Paul Bonnetain sont : *L'Opium*. Paris, Charpentier. — *L'Extrême-Orient*. Paris, Maison Quantin, (1887). — *Au Tonkin*. Edition augmentée d'une introduction nouvelle. Paris, Charpentier, 1888. (La 1ère édition de ce dernier ouvrage est datée de 1885).

Le Grand-Lac.

Le lac s'étend au pied de la digue que couronnent, à son dernier angle, près de la citadelle et de la route, ces banians vénérables. Adossé à leurs trônes, on l'aperçoit entre les feuilles, par une échappée, qui, en rapetissant le tableau, en allonge la perspective et en fait étrangement saillir les détails. De l'eau simplement, avec des joncs de zinc luisant, des iris lancéolés, des nénuphars et des *victoria-regina* aux larges fleurs de neige, aux feuilles en bateau, sur lesquels volent, se posent et s'envolent encore, dans une fuite qui chatoie, des martins-pêcheurs multicolores. De l'eau simplement, mais avec un éblouissant glacis d'argent au large et des teintes moirées sur les bords. Le ciel y reflète la blanche promenade de ses nuages cotonneux, comme ses bleus aveuglants, ou son miroitement embrumé de mercure. Parfois, une barque la ride, sampan grêle, qu'on prendrait pour un tronc d'arbre. A son extrémité, un champignon se dresse dont l'ombrelle flambe au soleil; c'est une pêcheuse qui, sous son chapeau immense, guette l'eau patiemment. Plus loin, ou bien à droite, des îlots surgissent, ceints de bambous éplorés que vert-de-grise la lumière. D'entre les fines dentelures de leurs branches en éventail, palpitantes sous un souffle, des toits s'élèvent, dentelés sur le faîte de chimères de faïence et relevés aux coins de gueules apocalyptiques. Sur les tuiles imbriquées, des flamants s'enlèvent, plâtreux, puis, au-dessus, profilés alors sur le ciel, se rosent brusquement. Nimbant la nappe d'eau, c'est une transparence baignée de lumière. On compterait les joncs, les herbes et jusqu'aux grands cercles concentriques qu'y ouvrent les départs ou les fuites des canards sauvages sans cesse égrenés du lac à l'horizon. La brume, même à l'aube et même à la vesprée, ne quitte point les rives. Le centre demeure pur, criblé d'étoiles, ou poudré de soleil, et le regard qui s'y perd, entre deux clignotements, retrouve à l'extrémité, loin, bien loin, d'autres toits, d'autres bambous qui semblent proches et qui coulent sans un bris de la ligne jusqu'au point où le bleu du ciel et le vert des feuilles s'adoucissent, se mêlent et meurent.

Paul BONNETAIN, *L'Extrême-Orient* p. 308-309.

(Paris, Quantin, 1887).

Une ancienne citadelle.

Pour bien embrasser le camp, j'ai dû grimper sur une éminence, maigre mamelle de cette plate étendue. Nous sommes sur l'emplacement d'une ancienne citadelle des rois Lê, et notre bivouac s'étend sur des tombes. Tantôt, aux derniers rayons du jour, j'ai vu là-bas, derrière ce tertre, un débris de pagode ou de mausolée royal. Quatre éléphants de pierre en relèvent les angles, surnageant seuls entre les dalles moussues, au milieu de l'envahissement sacrilège des rizières. Agenouillés, monstrueux, impassibles, les géants de marbre se contemplent de leur œil morne. Des siècles ont coulé sans amollir leur rigide paupière ; mais, aujourd'hui, leur regard est vrai, miroir terne du passé, que semble avoir seule éteint l'immuable indifférence des choses mortes.

Plus même un écho. Pas même la majesté des ruines, ce prétexte à touristes et à déclamations. Un terrain bossué que ne respectent ni le riz, ni les arachides, quatre statues polies dont la chique de bétel d'un passant abruti a, d'un jet de salive, ensanglanté les flancs : voilà ce qu'il reste d'une ville, d'une civilisation disparues.

Paul BONNETAIN, *Au Tonkin*, p. 41.
(Paris, Charpentier, 1888)

Rizières.

À droite et à gauche, le paysage reste le même, conservant sa plate monotonie, son immensité sans grandeur. Des plaines de riz succèdent à des plaines de riz, et deux teintes de vert à deux teintes toujours semblables. La plus foncée a la couleur de nos jeunes blés : riz non repiqué, aux tiges pressées, dont les vagues, quand passe une brise, ont un fugitif reflet d'argent, qui court, oscille à perte de vue, et meurt à peine, alors que le premier plan réimmobilisé reprend sous la chaleur lourde ses tons primitifs.

La seconde est une teinte de transition, émeraude mouillée, claire et tendre, celle des graminées repiquées sur des sillons en interminables files, dont l'espacement rapetisse les épis. L'une et l'autre se touchent par damiers, et leurs couleurs tranchent mieux les vastes rectangles, que les rigoles ou les rubans de boue les séparant, indistinguables à deux cents mètres. Leur échiquier, à droite et à gauche de la digue, s'étale ainsi, durant des lieues, jusqu'à ce que l'éternel tapis vert se confonde avec le ciel.

Et de cette étendue monotone, monochrome, une lassitude monte qui plane sur le pays entier. Mais ce n'est point l'œuvre morale d'une sensation ressassée jusqu'à l'ensommeillement, l'effet instinctif d'un spectacle cruellement immuable. Cette sensation demeure identique chez tous, chez ceux-là même qui ne savent ou ne veulent pas voir. C'est une impression physique, scientifiquement mesurable, dont un hygromètre dirait la force en chiffres exacts.

Elles baignent dans de l'eau, ces rizières, et l'eau se retrouve partout autour de nous : flaques ou mares le long des digues, croupissements boueux sous les tiges vertes, stagnations cristallines entre les jeunes épis. Sans relâche, de tous ses pores, cette terre sue, et l'admirable et industrieuse agriculture annamite, qu'aucun patient labeur ne décourage, active encore cette transpiration féconde. Un drainage superficiel remplace le nôtre, charriant l'engrais et la vie ; il n'est pas jusqu'à cette boue enlisante dont l'homme ne surveille la production.

Cependant, sous le soleil qui arde et pompe, toute cette humidité fermente et s'évapore, incessamment renouvelée par la condensation brumeuse des matins et la fréquence des pluies. Un travail si continu sourd dans ce sol détrempé, que la terre reste victorieuse en sa lutte avec le soleil. L'astre demeure en vain plus longtemps à l'horizon, exagérant ses cuisantes morsures à les rendre mortelles à l'homme ; le marais, où vies animales et végétales grouillent de conserve, où les racines sont noires de sangsues, n'est pas desséché. Ses vapeurs montent inépuisables à l'aspiration furieuse du ciel.

De là, cette lourdeur lasse qui nous tombe aux épaules et nous courbe anéantis ; de là, la fatigue des poumons haletant comme dans une étuve...

Paul BONNETAIN, Au Tonkin, p. 48-50.

Cantonnement de Đồng-cơ (Bắc-ninh).

Oh ! ce joli cantonnement de Đồng-cơ !
Son souvenir me réconcilierait avec le Tonkin.
De l'eau, des arbres, beaucoup d'arbres, des bois charmants.

Nous y sommes arrivés par un sentier bordé de haies de bambous tout jeunes.

On se serait cru dans une de nos oseraies. Il y avait partout des aigrettes, se sauvant à peine devant nous, d'un vol lourd et bruyant qui laisse pendre sous les ailes de neige les fines pattes jaune-clair.

Pour entrer dans le village, on franchit un arroyo ou un canal. Je ne sais plus. L'eau y est rare, fangeuse comme toujours, découvrant des plages de vase sur chaque rive. Mais cette eau, sous le soleil, semble sanglante, d'une belle teinte de sang vif, puis, sur cette vase, il y a des échassiers qui picorent, — hérons gris, flamants roses. D'ailleurs, les berges dominent le tout, feuillues à souhait, avec des verts sans nom, variés à l'infini que peuplent des batailles joyeuses d'oiseaux.

On franchit un pont. Pont japonais, cintré et massif, fait de grosses dalles de marbre commun, et couvert d'une forte toiture de paille, arc-boutée sur d'énormes bambous. Cela ressemble de loin à un bateau-lavoir. Il n'y manque que les lavandières.

Du village, je n'ai vu que les pagodes, quelques-unes ouvertes au culte encore, d'autres abandonnées, où les lichens et les graminées folles appellent du dedans les herbes grimpantes du dehors. Nous cantonnons dans une de celles-ci, et c'est un curieux tableau que celui de notre installation sur le parvis sacré, sous l'œil impassible des divinités bouddhistes, monstrueuses et froides. L'arroyo est en face. Des jeunes filles annamites y viennent puiser d'incessants seaux d'eau, et leurs cris et leurs rires accrochent des chansons aux buissons dentelés.

Paul BONNETAIN, *Au Tonkin*, p. 62-63.

Paysage tonkinois.

Deux contrastes dans le paysage. Plaines sèches et plaines humides. Les premières sont plantées d'arachides et de maïs mêlés, ou de patates. Les autres sont des rizières. Celles-là, plus praticables, demeurent les plus laides, à cause de leurs tons effacés. Celles-ci gardent leurs deux verts et ressemblent à des lacs.

Le matin, je les trouve curieuses à voir. Leur tonalité aux premières heures, demeure unique, comme attendri, par la pluie nocturne dont les fines gouttelettes couvrent encore les épis. Il y a des coulées blanc d'argent merveilleuses. Une théière dont la vapeur d'eau voile les flancs a peut-être des teintes comparables...

Les patates ont de larges feuilles, plates et minces. De loin on dirait des feuilles de nénuphar, allongées un peu. Elles demeurent, au matin, parallèles au sol, rigides encore, et d'un jaune verdi que veinent des nervures blanches. Au milieu, comme la pluie les a creusées, il y a près du pédoncule une étroite sinuosité. Quand le soleil monte, toute l'eau amassée dans la nuit roule là par perles, et, la surface séchée, il reste au fond de ce trou un diamant gros comme une noisette, qui décompose les rayons et tire l'œil ainsi qu'un prisme, très éblouissant.

Paul BONNETAIN, Au Tonkin, p. 70-71.

Le début d'une bataille.

C'était dans la plaine, toujours verte, au pied d'un cirque de collines à peine escaladées quelques mètres par les massifs de bambous... Des forts casquent les cimes basses. Il y a des retranchements au pied, des fortifications passagères. Au-dessus d'elles, plantés en rang d'oignon, suivant la coutume asiatique, d'immenses pavillons multicolores, la hampe fichée dans le sol, s'alignent et narguent.

Il est midi et demi. Le grand soleil flamboie. Comme purifié par le voisinage des hauteurs, l'air, plus oxygéné, prend une transparence d'où nettement surgissent les moindres détails des choses. Devant nous, jusqu'aux collines, la rizière coule, sans un arbre, sans une haie, foncée très fort. Et derrière, elle élargit son inondation de fleuve débordé baignant à l'aise les campagnes, avec le triomphe tranquillement doux du flot vainqueur, battant son plein.

Pareils à des îlots, les lointains villages émergent à demi noyés, et plus loin encore, récifs blanchis, des murs clairs de pagodes. Au delà, c'est une confusion de vert et de bleu, de terre et de ciel, un rideau fuyant de berges imprécises, que domine la montagne aux pins parasols.

On a fait halte; des commandements brefs circulent, sans échos, et gringalets presque, au milieu du silence bruyant de midi. La stridente musique des insectes domine tout, ou bien, quand une brise se lève, un aboiement de chiens qui arrive de l'arrière-garde, affaibli mais continu. Certes, une fièvre a passé, et des cœurs battent à cette heure, mais l'émotion demeure silencieuse, ou se voile sous une curiosité. De notre côté, ce qui l'emporte, c'est une impatience irréfléchie du spectacle attendu. On se demande, devant la grandeur simple du décor, quel marteau va frapper les trois coups et quel drame se déroulera derrière la toile. Ou bien, l'on se retourne pour fixer des impressions de choses, et l'on a le passager dépit de trouver minuscule cette agglomération d'hommes que mange l'étendue. L'armée n'est plus qu'une fourmilière dans l'espace : le voisinage des hauteurs grandies à l'œil par l'habitude des terrains plats rapetisse l'homme au niveau des herbes.

Paul BONNETAIN, *Au Tonkin*, p. 79-80.

Hưng-Hóa et les Pavillons-noirs.

La ville est en cendres. À peine reste-t-il vingt maisons habitables et une dizaine de pagodes. La pluie a gâché les décombres plâtreux avec la boue, en un mortier atroce. Il monte de ces ruines une puanteur de roussi et de laine brûlée. Devant les squelettes des cases, partout, des tas d'ordures, de paille souillée et de choses sans nom, s'étalent, détrempés. Par-dessus l'impression de l'incendie, on ressent celle d'un déménagement. L'ennemi a tout vidé avant de s'enfuir et d'appeler la flamme à son aide. Dans les habitations restées debout, on découvre, au milieu des traces de cantonnement et des débris de cuisine, des bûchers préparés avec des cloisons, des portes, des échelles. Nos obus ont empêché les Célestials d'y mettre le feu, et cette désolation demeure qui témoigne. Çà et là, sous le vent, des pétillements d'étincelles se réveillent, et des fumées montent qu'éclairent, dans le bas, de minces langues de flammes, bientôt mortes. Le ciel est d'un gris sale, fuligineux au-dessus du fleuve, et partout, mélancolique, écrasant, très bas. Des corbeaux planent en vols circulaires. Mais la tristesse morne de cette ville détruite ne vient pas de ce ciel, de ces oiseaux de proie, ni même de cette lamentation muette qu'ont les choses que l'homme a frappées ; et les murs éventrés, les frontons rôtis, la boue gâchant les cendres ne la font pas eux-mêmes tout entière. Plus navrants que tous ces deuils, il y a les jardins.

D'aucuns subsistent dans ce saccage universel, et dont on peut reconstituer les allées étroites, les plate-bandes. Dans

celui d'où je sors, la vasque d'eau verdie et les artificielles
rocailles demeurent intactes au milieu de la boue piétinée.
Des iris lancéolés surgissent de la mousse des fentes ; le
long des bords du bassin des cyprins dorés nagent en
cercle, lentement...

Paul BONNETAIN, *Au Tonkin*, p. 187-189.

La pagode de Ngọc-Son.

Il est six heures. Le ciel veuf de sa flamme revêt une douceur froide. Est-ce du bleu, du rose, du blanc ? On ne sait.
Les reflets de ces trois teintes se mêlent. A l'ouest, entre les
toitures et les branches, s'enfonce graduellement la seule
couleur qui demeure. On dirait une laque chaude. L'eau
n'a plus, elle aussi (1), de gamme spéciale. Au pied de mon
logis, entre les iris et les roseaux, elle se glauque, sans
qu'un frisson ride sa moire ensommeillée. Plus loin, elle
est comme le ciel, indécise, argentée par places. Et tout,
alors, nettement se dessine, malgré l'amollissement des
lignes et la fuite des contours.

A droite, c'est un temple minuscule, un kiosque de bri-
ques, sans grâce, et couvrant tout entier son îlot, mais troué
de fenêtres qui, dans l'estompement du soir, le font paraître
découpé, presque joli. A gauche, une autre île plus large
surgit dans une ceinture de bambous. Celle-là porte une pagode grande et presque belle, précédée d'un pavillon dont
les piliers se cassent dans l'eau. Une longue et étroite passerelle béquillée de minces supports, invraisemblablement
frêle, l'unit à la rive. Cette pagode est rose, et les tuiles de
son faîte accrochant un dernier rayon du couchant s'en-
sanglantent entre les chimères de faïence, incolores à cette

---

(1) La langue moderne, pour marquer qu'il y a quelque chose à ajouter
une idée négative, emploie *non plus*. Ex. : Il n'y a rien compris, ni moi *non
plus*. L'ancienne langue, elle, employait *aussi*, dans une phrase négative comme
dans une phrase positive. Ex. : Sachez que leur objet n'est pas de corrompre les
mœurs ; ce n'est pas leur dessein, mais ils n'ont pas *aussi* pour unique but celui
de les réformer (Pascal, *Provinciales*, V) L'usage aujourd'hui ne reste libre
qu'avec *ne que*. Un écrivain moderne pourrait écrire comme au XVIIe siècle :
La tradition du peuple juif, et celle du peuple chrétien *ne* font ensemble *qu'*une
même suite de religion ; et les écritures des deux Testaments *ne* font *aussi qu'*un
même corps et un même livre (Bossuet, *Histoire universelle*, II, ch. 13). Mais
or dirait difficilement : Si ce n'est pas un goût déréglé qui doit décider du choix
d'un état, ce n'est pas *aussi* un respect humain (Massillon, *Carême* ; cf. F.
Brunot et Littré).

heure, mais si bien profilées sur l'azur qu'on peut voir, entre les mâchoires fantastiques, leur langue menaçante, comme les piquants hérissant leur crête. Au-dessous, saules-pleureurs sans mélancolie, les bambous ont de soudains frémissements, puis rependent, immobiles. Leurs soyeuses dentelles effilochent un vert de minute en minute plus sombre. La passerelle est rose, ses piliers semblent vernis-sés en noir, et bambous verts, tuiles carminées, chimères blanches, passerelle rose, piliers d'ébène, tout se reflète dans la blancheur de l'eau avec une endormante immobilité.

Autour du lac, la sérénité de la nuit prochaine remplace le crépuscule, à peu près ignoré sous ce ciel par une prome-nade pareille d'hésitante lumière. Le jour, sur le point de dis-paraître, a comme des rappels, des lueurs changeantes et douces ; parfois même, il semble vouloir se réveiller plus vif, comme ces lampes moribondes dont un dernier souffle d'oxygène galvanise l'expirante flamme. A cette exquisité passagère de la clarté qui ne veut pas mourir, les rives gagnent un embellissement bref. Les verdures, les toits des temples, les paillotes, les pignons des magasins apparais-sent à travers un tulle, et, tandis que, plus tendres, leurs couleurs s'épurent, leurs lignes perdent leurs arêtes et revêtent de fuyantes harmonies. La brise se lève ; un vague murmure court sur le lac comme un soupir des choses avides de sommeil ; une palpitation berceuse trouble les bosquets de l'île, confond les teintes sous l'époussète-ment des feuilles ; et le premier crapaud, s'essayant, jette deux cris sonores.

Paul BONNETAIN, *Au Tonkin*, p. 227-229.

Tourane et les Montagnes de marbre.

Quand nous y arrivâmes, la baie de Tourane évoqua la même comparaison dans l'esprit de tous les passagers : on la prendrait pour un lac suisse. Des montagnes, aux plus hauts pics desquelles les nuages mettaient une blanche col-lerette, l'entourent de trois côtés en projetant de grandes ombres sur ses eaux. Le soir, ce fut autre chose, et nous nous crûmes à Naples. Les feux de barque des pêcheurs, qui étaient tous allés jeter leurs filets sur le même banc, cri-blaient la nuit d'étoiles d'or comme une grande ville bril-lamment éclairée au bord de la mer.

...Nous traversâmes la baie toujours remplie de barques de pêche. Les filets semblaient ramener du fond de l'eau trouble des panoplies dont le métal brillait à travers leurs mailles noires, et on aurait juré que les pêcheurs penchés sur ces prises mystérieuses jonglaient avec des sabres: en réalité, ils attraient d'étranges poissons qui ont la forme et le luisant de lames de fer étamé. Puis, nous entrâmes dans la rivière sur les deux bords de laquelle les cases en bois de la ville de Tourane se cachent au milieu de jardins clos de hautes haies vives. La population fêtait son jour de l'an; une pétarade incessante détonait dans tous les coins, et, près de chaque habitation, une longue tige de bambou élevait vers le ciel, dépliées dans un petit panier, des prières pour se rendre les dieux propices pendant l'année qui s'ouvrait.....

...Nous continuâmes à remonter la rivière. De lourdes jonques descendaient, leurs voiles de nattes arrondies sous la brise, un œil peint à l'avant qui, bien souvent, veille seul la nuit. Des sampans filaient d'une allure oblique pliant sous le poids d'une petite voile carrée, et, pour les tenir en équilibre, des hommes, sur une perche horizontalement plantée dans le bord opposé à celui qui penchait, étaient accroupis à six pieds de l'embarcation, balancés comme elle, se tenant par miracle sans tomber dans l'eau. De toutes petites barques marchaient à la rame, si maladroitement manœuvrées, l'air si peu pressé et faisant si peu de chemin qu'on aurait cru qu'elles n'allaient nulle part. Le chapeau des pagayeurs et des passagers, celui des hommes en forme d'abat-jour de lampe, tombant jusque sur les épaules, celui des femmes, large comme une roue et pareil à un grand tamis retourné, laissaient la tortue les uns contre les autres, serrés et ronds comme une poussée de champignons énormes.

Au-dessus de la ville, la rivière divisée en plusieurs bras, serpente à travers des dunes de sable clair d'une nudité saharienne. A quelques kilomètres, surgissent de ce sable, aussi brusquement que des rochers accores, les curieuses fantaisies naturelles que nous allions voir. Quatre montagnes de marbre, d'un blanc légèrement lavé de bleu, isolées les unes des autres, superposent leurs assises à de grandes hauteurs à la façon de gigantesques ruines. Des herbes grasses, des plantes grimpantes, des lianes, des buissons rabougris se sont insinués dans les interstices et, après avoir descellé les blocs, les retiennent maintenant dans le réseau solidement accroché de leurs racines. Avec cet instinct du pittoresque qui guide tous les moines dans le choix de leur site, des bonzes se sont emparés du sommet de l'une d'elles où ils entretiennent un jardin planté de figuiers. De loin ces arbres paraissaient chargés de gros fruits; en approchant nous vîmes que ces fruits n'étaient autre chose que des nids suspendus aux branches, dans lesquelles se querellaient bruyamment des volées de loxias; les bonzes nous prièrent de ne pas faire de mal à leurs hôtes. Une grotte ouverte dans le marbre a été transformée en temple : quatre guerriers accotés à des bêtes chimériques et traités dans le goût grotesque des Chinois en défendent l'entrée; la voûte, tendue de plis de marbre froissés comme une somptueuse draperie, est percée d'une ouverture par laquelle on aperçoit le ciel à travers une frange de verdure. Cet antre, taillé dans la plus noble des pierres, aurait plu aux Grecs et mériterait de plus beaux dieux que des bouddhas obèses. Un autre rocher est évidé en forme de cirque où de jolis arbres croissent dans les fissures et où l'on pénètre par deux arches que la nature s'est chargée de construire. D'un côté du monastère, on aperçoit la vaste plaine de Tourane tigrée de blanc par les dunes, rayée de bleus arroyos et encadrée de montagnes; de l'autre, on découvre la grande mer que mord de ses capricieuses indentations la côte pierreuse, sévère et déserte.

Paul Bourde [1], *De Paris au Tonkin*, p. 97-103.

(Paris. Calmann Lévy. 1885)

Hải-phòng.

Nous sommes arrivés ce matin à Hải-phòng, juste quarante jours après avoir quitté Marseille.

Nous avions mouillé hier en face du Cửa-Cấm pour attendre la marée. Les eaux du golfe, teintées de rouille, clapotaient comme les eaux troubles d'une inondation. Le Tonkin était enveloppé de brumes à la façon d'un rivage du Nord, et la fraîcheur de la température, qui nous avait fait remettre nos vêtements d'hiver pliés dans nos malles depuis Port-Saïd, éloignait comme un rêve depuis longtemps évanoui les tièdes souvenirs de Saigon. Devant nous se dressait, avec ses brèches de rempart démantelé, le mur des rochers de la Các-bà; à l'extrémité

---

(1) Paul Bourde, littérateur et voyageur, né à Voissaux (Isère) en 1851. En qualité de correspondant spécial du *Temps*, il a suivi les expéditions de Tunisie et du Tonkin et fait de nombreux voyages en Afrique, en Italie, en Grèce, à Constantinople, en Russie, où il a assisté au couronnement du tzar Alexandre III. De ses nombreuses correspondances, quelques-unes ont été réunies en volume et forment les ouvrages suivants : *A travers l'Algérie*; Paris, Charpentier, 1880 ; *De Paris au Tonkin*, Paris. Calmann Lévy, 1885, etc… (A. de Gubernatis, *Dictionnaire international des écrivains du jour.*)

droite tremblaient dans le brouillard les silhouettes en forme de tours des îles Norway, sorte d'ouvrage avancé de cette immense fortification naturelle. A gauche, Đo-son projetait au milieu des flots roux son promontoire au bout duquel la petite île de Hòn-dầu met un point. Et, derrière, entre lui et la Các-bà, dans le lointain, nous apercevions, confuse et tremblée comme un dessin d'enfant, une ligne de verdure pâle qui se détachait à peine de la surface des eaux : c'étaient les premières rizières du Delta.

L'entrée du Cửa-Cấm a plus de caractère que celle du Đồn-nai. Le paysage est d'une ampleur grandiose, et, sous le ciel sombre et chargé de pluie qui pesait sur lui, à notre arrivée, il nous fit une forte impression. Façade trompeuse de la plus plate des plaines ! Les nappes d'eau, en ouvrant d'immenses vides à la vue, donnent toujours de la solennité aux spectacles dont elles font partie. Celles qu'étaient les bras du fleuve sont continuées par les rizières. Le panorama se déroule avec des perspectives infinies, tacheté par la multitude des bois d'aréquiers des villages dont les fines aigrettes mouchettent de vert le blond tapis des moissons ; animé par les grands oiseaux de mer qui remontent les embouchures et par les jonques dont les voiles carrées ont l'air de sortir de terre ; prolongé dans le lointain par les montagnes de Quang-yên que de bizarres jeux de lumières grandissent démesurément.

Paul BOURDE, *De Paris au Tonkin*, p. 106-108.

Le Petit Lac.

Notre porte donne sur le Petit Lac qui est si gracieusement encadré dans le plan de Hanoï[1]. C'est un spectacle charmant que d'y voir lever l'aube ; il brille alors de ce doux éclat que les contes de fées appellent la couleur de ciel et dont n'approchent ni les merveilleuses nacres de Singapour ni l'orient des plus belles perles ; sous les brumes qui s'évanouissent, il semble que la lumière sorte de ses

___

(1) « J'ai conservé mon logis du bord du lac, dit P. Bonnetain *Au Tonkin* (p. 226), mais je prends mes repas et je travaille chez mon ami Paul Bourde, l'érudit rédacteur du *Temps*, qui, avec le correspondant de l'agence Havas, habite, sur la rive opposée, une ancienne pagode tant bien que mal transformée en habitation européenne. »

eaux au lieu de s'y refléter. Un demi-sommeil, que rompent seuls les oiseaux chanteurs tôt éveillés, prolonge la paix de la nuit dans le matin. Un îlot, semblable à une corbeille de verdure dont les feuillages retombent et trempent dans le lac où ils se mirent, laisse voir à travers ses bosquets les toits ornés, la colonne blanche et le kiosque à piliers de bois de l'une des plus riches pagodes de la ville, qu'une mince passerelle de bambous relie à la terre ferme. Dans le lointain, un îlot plus petit porte une autre pagode en forme de pièce montée. chef-d'œuvre à trois étages de quelque pâtissier chinois, fenestré d'ouvertures ogivales fort inattendues en pareil lieu. En suivant les bords du lac, l'œil se promène sur des bandes de gazon du vert le plus vigoureux, des buissons de bambous dont les grêles frondaisons se découpent sur le ciel avec des finesses de guipure, des arbres d'essences variées au milieu desquels se distinguent des cocotiers qui, étonnés de se rencontrer si loin de la mer, se regardent mélancoliquement dans l'eau, des mangliers et des litchis qui élèvent par-dessus toutes les autres masses vertes leurs grosses têtes sombres. Par les percées de ce rideau apparaissent, dans le rose sourire du matin, les blancs pignons des maisons dont un curieux ornement en profil de chapeau termine l'angle, les toits de tuiles rouges rehaussés de bordures au lait de chaux, de nombreuses pagodes reconnaissables à leurs lignes gondolées et aux ornements de leurs arêtes, un *linga* (1), souvenir des cultes priapesques de l'Inde, qui dresse sur un haut obélisque son innommable symbole.

Paul Bourde, *De Paris au Tonkin*, p. 127-129.

La baie de Hạ-long.

Nous passâmes par la baie d'Along, en doublant la pointe de la Các-bà; on perd quelques heures à prendre ce chemin ; il est vrai que le spectacle le vaut bien. Cette merveille naturelle défie toute description. Qu'on essaye d'imaginer que tous les monstres, toutes les apparitions dont les banquises

---

(1) *Linga*: idole phallique. Les *linga* ont tous dans l'ancien Champa (Chiêm-Thành) la forme habituelle : ce sont des cylindres de pierre à bout plus ou moins arrondi. Mais il nous reste, d'après M. L. Finot (*La religion des Chams*, p. 13), un spécimen d'une variété mentionnée dans les inscriptions sous le nom de *mukhalinga* « *linga* à visage ». Il se trouve dans le temple de Pô Klaung Garai, à Phan-rang.

des mers du Nord inquiètent l'esprit des marins ont été poussés au fond du golfe du Tonkin, se sont massés le long de la côte et qu'on navigue au milieu des troupeaux de ces énormes colosses, dont le nombre paraît aussi incalculable que celui des grains de sable au bord de l'Océan. Des milliers et des milliers de rochers de quatre à cinq cents pieds de hauteur surgissent à pic du fond des eaux et dessinent des formes si étranges, si rares, que l'imagination leur découvre les ressemblances les plus inattendues ; aux pics pointus, aux ballons arrondis, aux crêtes ébréchées se mêlent des pyramides renversées en équilibre sur leur pointe, des tours gigantesques, des châteaux démantelés, des profils de Béhemoths et de Léviathans à demi émergés, des dômes de cathédrale, des fûts de colonne, des murailles en ruine qui font songer à quelque ville que les Titans auraient habitée. Les parois de marbre étaient de grandes surfaces nues et grises sur l'indestructible dureté desquelles rien n'a pu mordre, mais les sommets sont coiffés de buissons serrés, drus et courts qui ressemblent à une toison verte. La mer, étranglée en étroits couloirs, semble frappée de stupeur à voir tous ces colosses immobiles se regarder dans ses eaux ; elle est noire et lèche leurs pieds silencieusement. Un calme de tombeau, un calme de pierre, lourd, écrasant, enveloppe leur solennelle tranquillité. Il y a peu d'êtres vivants sur ces rocs. On n'y voit point d'oiseaux ; à peine sur ceux qui sont les plus voisins de la terre, entend-on parfois crier un singe qui joue dans le feuillage.

Le navire allait droit vers le Nord ; nous regardions saisis d'étonnement les rochers succéder sans interruption aux rochers ; puis il tourna vers l'Est, et le soir nous atteignîmes la mer libre. Quelques colosses qui semblent s'être figés trop tôt, pendant qu'ils essayaient de rejoindre le gros de la troupe, se voient encore un moment bossuant l'horizon de leurs dos monstrueux, puis toute trace de la merveille disparaît. Mais, si nous avions continué notre route vers le Nord, nous aurions pu naviguer tout un jour sans en sortir ; pendant des centaines de kilomètres, dit-on, jusqu'au cap Paklung, ce sont toujours de nouvelles surprises, des édifices chimériques et de vagues animaux fabuleux.

Paul Bourde, *De Paris au Tonkin,* p. 356-358.

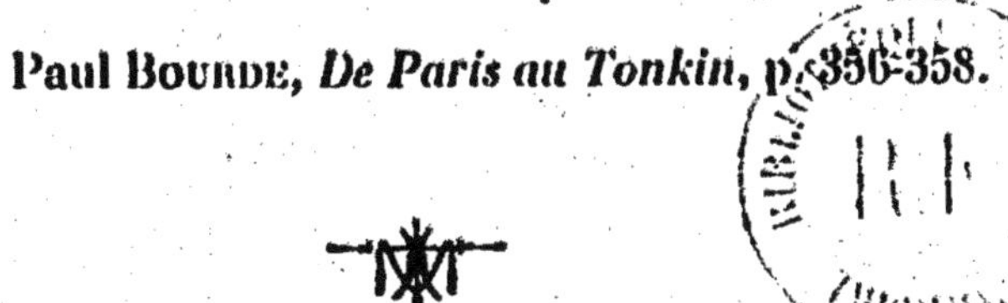

TABLE DES MATIÈRES

Paul Bonnetain.

Paul Bourde.